KB075123

수호신

장편소설

청예

수호신

네온사인 07

NEON × SIGN

차례

인간이 두 팔을 가지고 태어나는 이유는
두 방향의 신과 손을 잡기 위함이다.
하나는 수호신이요, 또 하나는 악신이다.

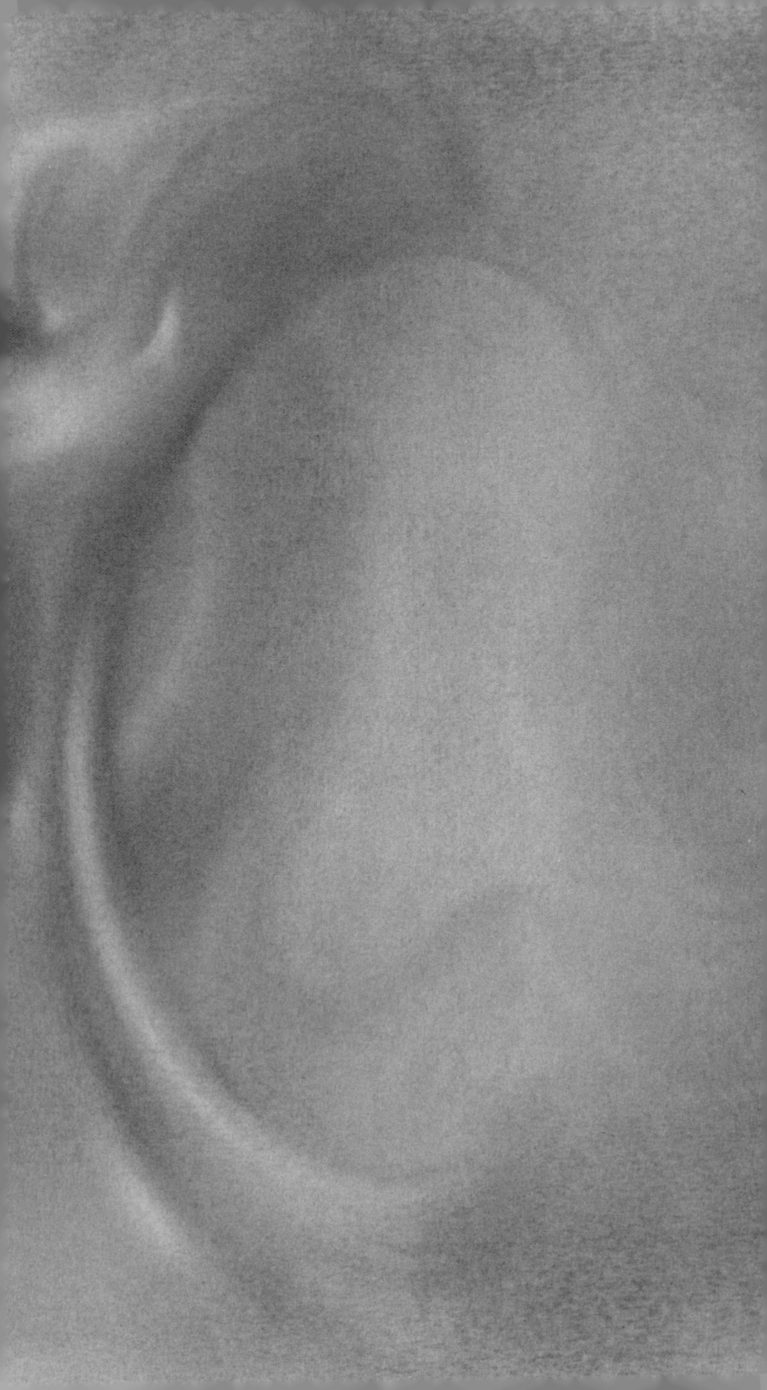

설과 이원

경우가 죽은 뒤 처음 소집된 회식이었다.

침묵으로 살아야 했던 한 달을 보상이라도 받으려는 듯 동아리원들은 크게 술판을 벌였다. 철학 동아리가 아니라 주(酒)학 동아리 아니냐는 우스갯소리가 나올 정도로 동아리원들은 원체 술을 좋아했다. 뭣도 모르고 가입한 회원 중에는 음주량이 끔찍하다며 달아난 사람도 있다고.

그런 관계로 경우의 죽음 후 동아리 활동이 멈췄을 때도 월 회비는 회장 태석이 착실히 거두었다. 하룻밤의 파티를 감당하기에 재정 상황은 제법 넉넉했다. 그

와중에 2학기 첫 신입 동아리원까지 들어와 평소에 널널하던 테이블이 꽉 찼다. 태석의 목소리에는 옆 테이블까지 가뿐히 넘어갈 정도의 활기가 넘쳐흘렀다.

"칸트랑 싸워서 이기는 법이 뭔지 알아?"

"정답, 오후 3시 30분에 강변 입구 폐쇄하기.*"

"더 쉬운 방법이 있어. 일주일 동안 아디다스 신발만 신고 칸트를 만나. 그러다 갑자기 말도 없이 나이키 조던을 신고 간다면? 네가 아디다스 신발을 신을 거라 굳게 믿고 있던 칸트는 백 퍼센트 기절할 거야. 자신의 강박적 믿음이 배신당하는 걸 인정할 수 없을 테니까.**"

"왜 하필 아디다스랑 나이키인데?"

"그 두 브랜드는 건강과 직결된 스포츠용품으로 돈을 벌잖아? 심지어 미국의 거대 자본을 움직이는 브랜드고. 칸트는 인간을 목적으로 대하라 했지만 인간을

* 칸트의 일화 중 하나. 그는 강박증이 있어 매일 오후 3시 30분쯤이 되면 기계처럼 강변을 산책했다고 한다.

** 칸트의 일화 중 하나. 그는 집사에게 10년간 같은 옷을 입어달라 요구했고 어느 날 집사가 다른 옷을 입고 오자 큰 충격을 받았다. 또한 이전과 다른 단추를 달고 온 학생에게 단추를 없애달라 요청하기도 했다고 한다.

도구화하는 자본주의의 상징물이 칸트 자신의 존재까지도 손쉽게 요리할 수 있다는 걸 보여주는 거지. 본인의 철학에 본인이 당하는 거야. 쩔지?"

"좀 비약인데."

"비약적 믿음이야말로 철학을 존치하는 가장 중요한 기반이라고."

나는 미지근한 광어회 한 점을 입에 넣으며 회장 태석과 부회장 은호의 대화를 듣기만 했다. 둘은 경우의 장례식장에서 숨이 넘어갈 만큼 크게 울었었다. 둘뿐만이 아니었다. 맞은편에 앉아 있던 지연, 현우까지 모두 마찬가지였다. 갑작스러운 죽음을 슬퍼하지 않던 이가 없었다.

그들은 그럴수록 필사적으로 큰 소리를 냈다. 칸트가 어쨌느니 헤겔이 어쨌느니 하면서 웃고 떠들며 슬프지 않은 척했다. 이건 슬픔을 인정하지 못하는 우리들의 자존심이 아니었다. 동아리에서 모두를 즐겁게 해줬던 경우를 비로소 보내주는 마지막 예의였다. 그의 죽음에 우리가 비통해한다면, 그가 누구보다 속상해하리란 걸 잘 아니까.

경우는 자리에 없어도 여전히 존재하는 사람이

었다.

최대 다수의 최대 행복. 철학의 철 자도 몰랐지만 벤담의 공리주의를 설명하는 그 아홉 글자가 멋있어 동아리에 가입했다던 경우의 모습이 눈에 훤했다. 그는 자신의 죽음이 다수에게 불행으로 자리 잡지 않길 바랄 것이다. 나 또한 그가 이 테이블 어딘가에 앉아서 좋아하던 콘 치즈를 먹고 있다고 상상하며 회식에 몰입하려 애썼다.

“회장, 지겨운 칸트 타령 그만하고 신입들 소개해줘.”

“아, 맞다. 미안.”

현우가 밤새도록 칸트 얘기를 하려는 태석에게 제동을 걸었다. 그제야 태석은 머쓱한 듯 뒷덜미를 긁으며 일어나 오랜만에 회장 노릇을 했다.

“쉬는 동안 신입이 들어왔어. 둘 다 새내기니까 복학생들은 알아서 일 미터 이상 떨어져 다니자. 징그럽게 들러붙으면 강퇴야.”

“형이나 잘해.”

“아무튼 소개는 각자 부탁할게. 자, 박수!”

태석이 빈 소주병에 숟가락을 꽂아 테이블 끝에

앉은 신입들에게 건넸다. 두 명은 나란히 앉기는 했으나 서로 초면인 듯했다. 어색해하는 둘의 모습이 귀엽기도 하고, 긴장을 풀어주고 싶기도 해서 나는 호의적인 표정으로 먼저 웃어주었다.

나와 눈이 마주친 흰색 민소매의 여자가 먼저 소주병을 잡았다.

"종교사학과 1학년 차설이라고 해요. 외자고요. 말주변이 없어서 듣는 게 편해요. 잘 부탁드려요."

은호가 바람을 잡자 동아리원들이 휘파람을 불고 손뼉을 쳐주었다. 원체 소규모 동아리라 신입이 귀한 관계로, 가입만 하면 그들은 아이돌에 준하는 대접을 받았다(딱 하루만).

현우가 건수를 잡은 정치인처럼 콧구멍을 벌름거렸다.

"종교사학과? 거기 애들 단체로 음침해서 타 학과 학생들이랑 교류 절대 안 한다던데, 웬일!"

"야, 이 미친놈아."

은호가 콘 치즈를 퍼먹던 숟가락으로 현우의 머리통을 내려쳤다. 간만에 스타일에 신경을 쓴 게 티가 나는 현우의 머리카락에 미끌미끌한 옥수수 몇 알이 묻었다.

“교류가 없는 편이긴 해요.”

설은 기분 나쁜 내색 없이 연하게 웃고 말았다. 선명한 인상은 아니었으나 마치 먼 산에 내려앉은 눈같이 바라보고 있으면 편하다는 느낌이 드는 얼굴이었다. 키가 큰 탓에 겉보기엔 과묵한 선배처럼 어른스러운 감이 있었고, 날렵한 코와 얇은 입술에서 중성적인 매력이 풍겼다. 나는 같은 1학년이라는 점에서 얕은 내적 친밀감을 느꼈기에 더 크게 손뼉을 쳐줬다.

다음 차례는 노란색 체크 셔츠를 입은 여자였다.

“영어영문학과 1학년 이윤주고요. 원래 봉사 동아리 활동 했었는데 여기가 더 재미있어 보여서 옮겼어요! 잘 부탁해요.”

윤주의 몸짓과 발성에는 설보다 훨씬 큰 에너지가 있었다. 밝게 웃으며 동아리원 한 명 한 명마다 눈을 맞추며 인사하는 모습에서 ‘확실한 E구나’라는 생각이 들었다. 아마 나랑은 친해지기 어려우리라.

“영어영문? 지연이 누나 전 남친도 영어영문 아니에요?”

“제발 좀!”

현우는 은호에게 머리통을 한 대 더 맞고 나서야 킥킥거리며 입을 다물었다.

눈치 없는 후배와 그 후배의 입단속을 담당하는 선배. 둘은 이미 동아리 내에서 굳어진 만담 듀오 같은 관계였다. 편히 웃는 우리를 따라 두 신입도 눈치껏 경직된 몸을 풀었다. 전반적인 흐름은 나쁘지 않았다.

윤주가 이 질문을 하기 전까진.

“근데 한경우가 누구예요?”

필사적으로 쌓아온 카드의 성이 와르르 무너졌다. 모두가 다 아는 이름, 동시에 그 누구도 발설해선 안 되는 이름이었다. 경우의 죽음은 망자를 향한 예의를 지키자는 도의적 약속에 의해 소문으로 퍼져나가지 않았다. 경영학과 학생들과 교수진이 소속 학생의 죽음을 가십화하지 않기 위해 노력한 결과였다. 그러니 영어영문학과 학생에, 더군다나 동아리 신입이면 잘 모를 수 있으니 이해해줄 수도 있었지만 우리는 윤주의 발언을 그냥 넘기지 못했다.

윤주에게 잘못이 없다 하더라도 모두의 눈매는 날카롭게 변해버렸다.

“철학 동아리에서 제일 잘생겼다던데!”

눈치 없는 윤주의 외침에, 숟가락으로 얻어맞아도 즐거워하던 현우가 돌변하더니 주머니에서 담배와 라이터를 꺼내며 나를 어깨로 툭 밀쳤다.

"얘한테 물어봐. 얘가 제일 잘 아니까."

"김현우, 너 오늘따라 왜 이렇게 눈치가……."

"아, 씨발! 내 말이 틀려요?"

"야!"

"됐고, 담배나 피워요."

은호가 현우를 달래기 위해 부랴부랴 따라나섰다. 둘은 장초 한 대를 다 태울 시간이 지났는데도 돌아오지 않았고, 태석은 윤주에게 동아리 가입비를 돌려주며 고개를 숙였다. 그 조용한 사과와 함께 회식은 그대로 종료됐다.

현우의 말은 어쩌면 사실일지도 몰랐다. 경우가 죽기 몇 시간 전, 나는 그와 같은 공간에 있었다. 우리는 경영학과 동기였고 동아리도 같이 가입했다. 수업이 있든 없든 붙어 있는 시간이 많았다.

경우는 한번 보면 쉽게 잊지 못할 외모의 남자였다. 한눈에 봐도 제법 비싸 보이는 바이크를 타고 다녔는데, 헬멧을 벗을 때마다 풍성한 머리카락이 바람에 나부꼈고 하차할 때는 유독 긴 다리가 눈에 띄었다. 그런 그와 함께 걸을 때면 알바비를 모아 산 비싼 코트를 꺼내 입을 때와 비슷한 자부심이 느껴졌다.

나는 감추려 해도 겉으로 우울감이 자주 드러나는 타입이었다. 잘 웃다가도 엄마의 메시지를 확인한 후 갑자기 풀이 죽는다거나 집에 돌아가지 않으려고 벤치에 앉아 멍하니 앞만 보고 있다거나 하며 혼자만의 어둠을 찾는 시간이 많았다. 가끔 남자들은 그런 나를 조금만 잘해주면 쉽게 마음을 여는 바보 정도로 우습게 여기며 다가오곤 했다. 하지만 경우가 다가왔을 때는, 오히려 심리적으로 불안해 보이는 내 모습이 그를 당기는 어두운 매력으로 작용하는 게 나쁘지 않다 생각했다. 경우는 그런 유치한 마음이 들 정도로 욕심나는 사람이었다.

혹여 동정은 아닐지, 자존심과 애정 사이에서 고민하던 어느 날 나는 경우와 단둘이서 술을 마셨다. 고민 상담을 빙자한 '넌 나 어떻게 생각해' 식의 연애 물밑작업이었는데 결과는 성공적이었다. 경우는 나를 진지하게 좋아하고 있다며 고백했고, 나는 생각해보겠다는 말을 핑계로 대답을 유예한 뒤 선택권을 쥔 갑의 위치를 즐겼다. 다음 날 정오쯤에 답을 들려줄 계획이었다.

대중교통이 끊겨 우리는 모텔에서 함께 숙박했다. 내가 고백에 대한 답을 들려주기 전까지 서로를 가벼이 여기지 않는다는 증거로 스무 살이라는 나이에 맞지 않게 손만 잡고 자는 정숙한 선택을 감행했다. 심장이 콩닥거리는 소리가 시계 초침 소리를 이겼던 그날 밤이 얼마나 행복했는지 아무도 모를 것이다.

그리고 다음 날, 경우는 바이크를 타고 귀가하던 중 교통사고로 죽었다. 원인은 브레이크 고장이었다. 경우에게 전하려던 나의 대답은 영영 누구도 알지 못할 비밀이 되어버렸다.

"괜찮아?"

횟집 근처 벤치에 앉아 생각에 잠긴 내게 은호가 초코우유를 내밀었다.

"현우는요?"

"택시 태워 보냈어."

할 말이 생각나지 않아 받아 든 우유를 빤히 바라보기만 했다. 그날 경우도 술집에서 나온 후 나에게 같은 우유를 사줬었다. 이 우유가 플러팅의 상징이라지.

"걱정했어. 네가 죄책감 느낄까 봐."

"전 괜찮아요."

"네 잘못 아닌 거 알지?"

나는 그날 경우와 함께 있었다는 사실만으로 충분히 괴로울 수밖에 없는 입장이었다. 소식을 들은 엄마는 남자와 모텔에 단둘이 있었냐며 처신을 잘하지 못해 이런 일에 휘말린 거라 경을 쳤다. 위로 근처에도 가지 못할, 들어봤자 마음에 생채기만 나는 말이 몇 번이고 반복됐다.

나를 틀에 가두려는 엄마의 잔소리는 익숙했지만 그 말은 유독 마음 깊이 박혔다. 정말로 내가 처신을 잘하지 못해서 경우가 죽은 건 아닐까 하는 생각이 들었다. 재채기를 참으려는 아이처럼 몇 번이고 고개를 저었지만, 눈을 꾹 감는다고 재채기가 나오지 않는 건 아니었다.

"너 힘들까 봐 장례식 이후로는 연락 안 했는데, 별일 없었지?"

별일. 마음이 사무치도록 괴로운 것도 별일이라면 별일이겠지. 나는 역시 대답하지 못했다. 평상시의 나처럼 무던하게 웃어줄 수도 없었다.

생각해보면, 별일은 있었다.

경우가 죽은 후부터 흰 소가 나오는 악몽을 꾸기

시작했으니까.

*

윤주는 동아리를 탈퇴했고(사실상 탈퇴당했다는 게 더 정확하지만), 우리는 또 별수 없이 고요한 일주일을 감내했다. 다행히 죽은 경우를 누군가 입에 올린 일이 경우가 죽었다는 사실보다 더 충격적이진 않았기에 태석은 혼자 남은 신입, 설을 위한 환영회를 개최했다.

"이원이는 소고기 안 먹어?"

"네, 집안 내력이라."

"혹시 힌두교?"

"그런 건 아니고요."

불 위에서 생물의 살점이 갈색빛을 띠며 익어갔다. 태석은 진작 말해주지 그랬냐며 어쩔 줄을 몰라 했다. 은호는 내가 부탁하지 않아도 된장찌개와 냉면을 시켜 소고기 대신 잔뜩 덜어주었다.

나와 오빠는 소고기를 먹지 않는다. 좀 더 풀어 말하자면, 엄마에 의해 먹지 못한다. 엄마는 무슨 이유에서인지 다른 고기는 괜찮지만 **절대 소만큼은 먹지 말**

라 신신당부했다. 집에서 소고기를 먹는 사람은 오직 아빠뿐이었는데 좋아해서 먹는다기보다는 엄마의 신념에 어깃장을 놓기 위해 먹었다. 엄마와 아빠는 사이가 좋지 않으니까.

그 덕에 나는 소의 살이 혀 위에서 녹을 때 어떤 형태의 기쁨이 되는지를 전혀 모르고 자랐다. 어렸을 땐 고기가 익는 향이 좋아 금기를 어길 뻔한 적도 있었지만 어른이 된 지금은 자제가 능숙해졌다. 이젠 소고기가 익는 모습만 보아도 어쩐지 살인에 준하는 범죄를 목격하는 것 같아 마음이 불편했다. 게다가 요즘 들어 소가 나오는 악몽까지 꿔댔으니, 마음 같아서는 식당을 뛰쳐나가고 싶었다.

"설이도 안 먹어?"

"네."

"나 참, 큰맘 먹고 왔는데."

잘 익은 고기를 왕창 덜어주려던 태석의 집게가 무안함을 감춘 채 테이블 위를 빙글빙글 돌았다. 그 고기들은 모두 다른 동아리원들에게로 분배됐다.

"신입 환영회인데 신입이 못 먹는 음식을 골랐네."

"그러니까 내가 미리 물어보라고 했죠?"

"난 소고깃집 간다고 하면 다 좋아할 줄 알았지. 나름 깜짝 선물이었다고."

지연과 태석이 티격태격하는 동안 설은 냉면을 한 젓가락 끊어 먹더니 입에 맞지 않는 듯 바로 그릇을 밀었다. 자세히 보니 냉면 육수에도 기름이 떠 있는 것이, 소뼈로 국물을 낸 모양이었다. 그럼 나에게도 탈락이었다.

"설, 채식해?"

"아뇨, 소고기만요."

"희한하네. 동아리에 소고기 반대파가 두 명이나 있어."

동아리원들과 조금씩 친해지는 설의 모습을 훔쳐보았다. 소고기를 먹지 않는다는, 겹치기 굉장히 힘든 공통점을 발견하니 가깝게 지내고 싶다는 생각이 커졌다. 설은 제우스가 이오를 숨기기 위해 둔갑시킨 하얀 암소처럼 얌전하면서도 감춰놓은 비밀이 있는 듯 신비로웠다. 새까만 단발머리의 성숙하고 중성적인 매력이 멋대로 나의 시선을 착취했다.

설은 사람들이 묻는 말에만 대답하고 자신의 이야기는 좀처럼 먼저 꺼내질 않았다. 눈빛에는 망설임 대신 선명함이 가득했으며 말끝은 절대 흐리지 않았다. 그 모습이 군중 속에 있으면서도 스스로 외로움을 자처하는 것처럼 보여 동질감이 느껴졌다.

특별한 사람들에게만 허락하는 은밀함이 있는 게 분명했다. 낯선 상대를 향한 인간적인 호감과 더불어 보이지 않는 것을 캐내고 싶다는 충동이 들었다.

"프로이트랑 칸트랑 싸우면 누가 이길까?"

"형은 왜 자꾸 싸우려고 해요?"

"철학은 정복인 거 몰라? 사상적 믿음으로 상대의 가치관을 함락시키는 지적 싸움!"

"그렇다면 프로이트겠죠."

설과 내가 소를 먹든 말든 분위기는 여러 차례 부딪는 술잔을 타고 점점 고조됐다. 사람들의 얼굴이 불콰해지자 태석을 중심으로 익숙한 철학 토론이 재개됐다. 저녁 8시와 잘 어울리는 풍경이었다.

시끄러운 틈을 타 설은 바깥으로 향했다. 왁자지껄한 분위기에도 설의 뒷모습만 보였기에 나는 주저 없이 그녀를 따라나섰다.

설은 건물 외벽에 기대어 바람을 쐬고 있었는데 따라온 나를 보고도 별말이 없었다. 보통은 스몰토크라도 걸어주는 게 예의지 않은가. 무뚝뚝한 응대에 무안해져 들어가버릴까 싶었으나 용기를 내 먼저 말을 걸었다. 인간적인 호기심을 해소하기 위한 노력이기도 했지만, 신입을 대하는 기존 회원의 배려이기도 했다.

"술자리 안 좋아하나 보다."

"처음으로 나한테 말 거네?"

의외의 답이었다. 설은 마치 말을 걸어주길 기다렸다는 듯 내 말을 받아쳤고, 그 당돌함에 별달리 생각나는 답이 없어 나는 어물쩍 말을 넘겼다. 그녀의 인상이 조금씩 선명히 각인되는 중이었다.

"나한테 궁금한 거라도 있어?"

사실 없었다. 뭔가를 묻기 위해 따라 나온 게 아니었으니까. 그냥 홀린 듯이 나왔다고 해야 하나. 하지만 빤히 바라보며 질문거리가 없냐고 묻는다면 쥐어짜서라도 찾아주는 게 친해질 방도였다.

"나처럼 소고기 안 먹는 거 신기하더라. 이유가 뭐야? 혹시 너도 흰 소가 나오는 악몽이라도 꾸니?"

이렇게 구구절절 물어볼 생각은 아니었는데 설은 놀란 기색 하나 없었다.

"소가 나오는 악몽을 꿔?"

"응, 꽤 자주."

"그거에 대해 종교사학적으로 묻고 싶고?"

"아니, 그런 건 아냐. 너희 학과가 꿈 해몽해주는 학과도 아니고."

설이 왼쪽 송곳니가 살짝 보이게 웃었다. 전공 탓에 제법 들었을 텐데, 나까지 꿈을 해몽해달라는 무례한 부탁을 할 마음은 없었다. 악몽이 악몽이지 무슨 의미가 있겠는가. 있다고 한들 어떻게 대응할 것이며.

하지만 말을 뱉고 나서 생각해보니 최근 악몽 꾸는 빈도가 잦아지기는 했다. 커다란 흰색 소가 나를 노려보는데, 새까맣고 깊은 눈이 지옥의 수렁처럼 보여 꿈을 꾸는 내내 숨통이 막혔다. 가위눌리는 것과 비슷했으나 소는 더 다가오지도 멀어지지도 않고 늘 같은 자리에 있었다.

"특정 동물이 반복해서 등장하는 꿈은 확실히 종교적으로 해석될 여지가 있지."

"의외의 답이네. 이런 얘기 싫어할 줄 알았는데."

"이런 얘기가 싫으면 이 학과를 어떻게 선택했겠어?"

설이 휴대폰에서 지도 앱을 켜 어느 주소를 입력

해 보여주었다. 지금 서 있는 곳에서 도보로 10분밖에 걸리지 않는 장소였다.

“관심 있으면 점 보러 가볼래?”

“점? 지금?”

“어차피 소고기도 안 먹는데 여기 더 있어봤자 의미가 없잖아.”

“돈 없는데…….”

“대신 내줄게.”

나는 예고 없이 훅 들어온 호의가 당황스러워 굳어버렸다. 점 따위에는 흥미가 없었지만 둘이서만 어딘가로 떠나자며 내게 보내는 은밀한 시선이 마음에 들었다. 그녀와 친해지고 싶어 하는 나의 마음에 알맞은 제안이었다.

설은 무턱대고 내 손을 잡고서는 점집으로 향하려 했다. 식당 안의 동아리원들에게 말도 없이 가기엔 난감하여 내가 머뭇거리자, 그녀가 짧은 말을 덧붙였다.

“너 한 주 만에 안색이 많이 나빠졌어, 알아?”

*

얼떨결에 설을 따라 점집으로 향했다. 설은 이동 중에 자신도 예전에 가본 적이 있다며 용한 곳이니 안심하라고 덧붙이고는 별말이 없었다. 설은 말수가 많은 타입은 아니었다. 나는 그녀를 보며 내가 말이 많은 사람보다 과묵한 사람의 곁에 있을 때 편안해한다는 걸 깨달았다. 설을 대신해서 나는 동아리 단톡방에 먼저 일어나서 미안하다는 말과 비난을 무마하기 위한 가식적인 이모티콘을 연달아 보냈다.

이제 보니 얘는, 행동만큼은 제멋대로인 타입인가. 설은 식당에서보다 기분이 좋아 보였다. 물론 나도 소 기름내를 맡지 않아도 돼 마음이 홀가분하긴 했다.

한편으로는 고마웠다. 나빠진 안색을 언급했다는 건 나를 걱정한다는 뜻일 테니까. 이제 막 알게 된 사이임에도 설과 친해지는 상상을 했다. 그저 다정하기만 한 타입보다는 이런 식으로 제멋대로 친절한 쪽이 더 호기심을 자극한다는 점에서, 나도 참 편히 살긴 글러먹은 인간이었다.

점집은 일반 주택가에 위치한 평범한 단층 가정

집으로 낡은 입간판만 하나 놓은, 구색이 허술한 장소였다. 손님은 한 명도 없었다. 이런 곳은 어떻게 알고 과거에도 방문했다는 건지. 종교사학과 학생이면 이런 곳으로 답사라도 오는 걸까. 입 밖으로 감히 꺼내지 못할 추측을 하며 조심히 현관문을 열었다.

"사주? 아니면 신점?"

요란한 머리 장식을 한 무당이 우리 둘을 골고루 훑었다.

"신점이요. 이 친구만 볼 거고요. 요즘 들어 흰 소가 나오는 악몽을 꾼대요."

설은 갑자기 십년지기 친구라도 된 듯 나를 대신하여 답변했다. 그 모습이 적응되지 않아 옆에서 신음도 감탄사도 아닌 애매모호한 음성만 뱉으며 쫄래쫄래 따라 들어갔다.

절차에 따라 생년월일과 출생일시를 읊었다. 무당은 해석이 불가한 주문을 외우더니 오방기를 들고 먼지떨이처럼 흔들었다. 불쾌한 눈빛으로 쏘아보기에 나는 어쩐지 주눅이 들어 어깨가 안으로 말려들었고, 설은 겁내지 말라며 다독였다. 공기의 흐름이 이질적으로 바뀌어갔다.

무당이 쌀 주머니에서 한 움큼 주먹을 쥐어 책상 위에 흩뿌렸다. 여기저기로 튀는 쌀알 중 여섯 알이 정확히 내 앞에 멈췄다.

"별꼴이네."

"안 좋은 건가요?"

"주머니에 백미랑 흑미를 골고루 넣었는데 네 앞에 떨어진 걸 좀 봐라."

검은 것이 다섯, 흰 것은 하나였다. 색상이 가진 고유한 이미지 덕에 결과는 말하지 않아도 어렴풋이 짐작이 가능했다. 엄습해오는 불안함에 설을 바라보았다. 그녀는 내가 아닌 쌀알만 보고 있었는데, 그 쌀알을 담은 검은 눈동자가 무서우리만치 휑했다.

"너 몸조심해야겠다."

"왜요?"

"뒤에 신이 너무 많아."

무당은 설명하다 말고는 내게 오방기 묶음을 들이밀었다. 하나 고르라는 신호 같아서 망설이다 하나를 뽑았는데 내가 고른 것은 적색기였다.

"인간은 날 때부터 두 종류의 신과 함께다. 하나는 수호신이고 하나는 악신이지. 개수가 몇이든, 둘 중에 수호신의 힘이 강하면 평생 가호를 받아 노력하지 않아도 순탄히 살아. 하지만 악신이 강하면 착하게 살아도 일생 되는 일이 없단다."

나는 다시 쌀알을 내려다보았다.

"네 뒤에는 신들이 여섯이나 있어. 가족이 어디서 원한 산 적이 있지? 그래서 뭔가를 금기시 여기고 있다든가, 어떠한 사건을 겪었다든가 말이야."

"없을걸요."

"네가 뭘 안다고 건방지게 대답해?"

무당은 마치 악신을 주렁주렁 달고 기어들어 온 마귀를 대하듯이 날을 세웠다.

"적색기는 남쪽을 상징하니 그리로 내려가봐."

"남쪽 어디요?"

"난들 어떻게 아니? 네 가족에게 물어."

"우리 가족은 아무 짓도……."

"어허! 이 말대답하는 본새도 악신이 강해서 그래!"

무당이 쌀알을 손날로 깔끔히 정리하여 쓰레기 봉투에 쓸어 담았다. 게슴츠레하게 뜬 눈이 먼지 구덩이에 마지못해 손을 집어넣는 사람의 것 같았다. 쌀알들이 비닐과 마찰할 때 나오는 소음이 유독 선명히 들렸다.

"믿을지 말지는 네 몫이다."

"수호신은 믿고 악신은 믿지 말란 뜻이죠?"

나의 반문에 그녀가 새까만 아이라인을 꽉 채워 그린 눈가를 치켜올렸다. 눈동자의 테두리가 몽땅 보이는 것이 꼭 매의 눈깔 같아 나도 모르게 뒤로 몸을 뺐다. 호통은 예고 없이 내리꽂혔다.

"멍청아, 신을 믿을지 말지를 말한 거야!"

순간 욱하는 마음이 들어 왜 소리를 치냐며 따지려는데, 설이 급하게 비용을 치르고는 나를 일으켜 세웠다. 그러고 나서 이 정도면 충분하다며 대신 인사를 하고 점집 밖으로 나를 끌고 나갔다.

괜히 점이란 걸 봤다가 악담을 듣고 기분만 더러워졌다. 언짢아진 감정에 미간이 팍 우그러졌다.

"참 나, 신 같은 거 안 믿어. 가뜩이나 요즘 마음도 안 좋은데 열받게."

"걱정 마. 점사는 나쁠수록 좋아."

"점치는 사람들은 다 마조히스트인가 보네."

"매듭이 보여야 풀 수도 있어. 문제가 있어야만 해결할 거리도 존재하니까."

설이 태연하게 휴대폰 키패드 화면을 띄워 내밀었다.

"번호 찍어줘. 앞으로 도와줄게."

"나를? 네가 왜?"

"너도 나랑 비슷해 보여서."

"아, 소고기 안 먹는 거?"

"아니, 은근히 외로워 보이는 거."

그 말에 나는 고개를 들어 설의 얼굴만 빤히 바라보았다. 그냥 하는 말인지 진심이 묻어난 말인지 아직은 판단할 수가 없었다. 나의 본질을 간파당했다는 놀라움과 우리가 서로를 보고 비슷한 생각을 했다는 동질감 때문에 이 순간이 하나의 장면처럼 내 마음에 각인됐다.

그러나 도와준다는 말을 뒤집어 보면 상하관계를 만들겠다는 말이기도 했다. 막아낼 수 없는 속도로 내가 감당하지 못할 뭔가가 다가온다는 느낌이 들었지만, 언제나 그렇듯 느낌에는 정확한 근거가 없었다.

단지 바람이 차갑고 이 아이는 낯서니 괜한 생각이 드는 것이려나. 나는 설에게 도움의 이유를 되물으려다 입을 다물고 오른쪽 뺨만 긁었다. 그러고는 그저 시키는 대로 번호를 꾹꾹 입력했다. 왠지 그녀의 마음을 더 엿보려는 순간, 무언가 등 뒤에서 나를 덮치리란 원인불명의 불안이 느껴졌다.

*

나쁜 말에는 힘이 있다. 그 힘은 주로 듣고 난 후 시간이 지날수록 점점 강화된다. 막상 나쁜 말을 들은 당시에는 신경 쓰지 않겠다며 넘겨버리지만, 끈질기게 일상을 좇아와 사소한 불운을 겪을 때마다 존재감을 드러낸다. 컨디션이 나쁘거나, 입맛이 없거나, 신호등에서 빨간불만 골라 잡힐 때면 '역시 그 말이 진짜인가?'라는 의심으로 기분이 찝찝해진다. 그렇게 끈질긴 생명력이 있으니 사는 동안 우리는 나쁜 말은 하지도 듣지도 말아야 한다.

그 잔불 같은 생명력이 귓가에 당도하기 전에 절대로 그런 일은 내게 해당하지 않는다고 잘근잘근 밟아 꺼뜨렸어야 했다. 방심한 죄로, 악몽을 꾸고 몸살을 앓는 동안 나는 악신 이야기를 자꾸만 떠올렸다.

"너 감기 걸렸냐?"

"그냥 열 좀 나는 거야."

"나한테 옮기면 죽는다."

"싸가지……."

"약이나 챙겨 먹어."

자체 휴강을 선언하고 집에 누워 있는 내게 오빠가 감기약을 던졌다. 복부 위에 정확히 안착한 오빠의 걱정이란, 겉으로는 투박해도 안에는 제법 따뜻한 가족애가 들었다. 모난 말로 둥근 사랑을 전하는 저 인간은 나보다 일곱 살이 많았고 우리 집에서 엄마와 아빠의 등쌀을 같이 버텨주는 유일한 동지였다.

"알겠으니까 문 닫고 나가."

"고맙습니다, 해 봐."

"꺼져주세요."

오빠는 중지를 치켜올리고 사라졌다. 상대를 걱정하고 있음을 표현하는 우리만의 방법이었다. 나는 피식거리며 돌아누웠다.

몸살 때문에 동아리 모임에는 불참할 수밖에 없었다. 은호의 메시지를 시작으로 동아리원들이 하나둘씩 안부를 물었다. 그저 몸살이니 걱정하지 말라는 답을 보내는 와중에 메시지 앞의 숫자를 살폈다. 분명 모두 다 읽어 1이 사라져 있었다.

'아프다는 카톡 봤을 텐데…….'

혹시 수업 중인가 싶어 한 시간을 더 기다렸다. 하지만 설은 괜찮냐는 말도, 약 먹었냐는 말도 보내지 않았다. 점집에 다녀온 이후 "오늘 점값 계산해줘서 고마워"라는 메시지가 우리의 마지막 연락이었다. 그마저도 내가 보냈고, 설은 읽었으면서 답을 하지 않았다.

낯선 관계였다가 제법 친한 관계로 넘어가는 과정에서 이런 식으로 밀당을 하는 게 그 아이의 습관이라면 친구로 삼기엔 최악이었다. 인간관계에서 둘 중 하나를 선택하라면 집착받는 쪽이 되고 싶지 집착하는 쪽이 되고 싶지는 않았다. 간을 보는 건가 싶어 언짢음이 목구멍을 탁 치고 올라왔다.

'뭐야, 돕겠다며?'

조용한 휴대폰은 그날 적극적으로 나를 끌고 점집으로 갔던 설의 모습과 어울리지 않았다. 일방적인 연락 두절. 우정을 볼모로 사기를 당했다는 배신감마저 들었다. 신경이 쓰였지만 바쁘겠거니 생각하고 넘겨야 했다. 그러나 감정은 슬슬 서운함으로 변하기 일보 직전이었다. 누군가에게 일단 서운함을 느끼면 걷잡을 수 없을 정도로 신경을 쓰느라 생각의 포로가 되니 위험했다. 이

것도 그날 들은 나쁜 말의 영향일지도 모른다고 판단하며 나는 신경질적으로 귀를 털고 누워버렸다.

며칠간 계속해서 악몽을 꿨고 눈을 뜨면 어김없이 무당의 이야기가 떠올랐다. 인터넷에 수호신과 악신에 관한 정보를 검색해도 온통 유치한 괴담뿐이었다. 사람의 마음가짐은 참으로 비효율적이라, 신경 쓰지 않겠다고 다짐하는 순간 미친 듯이 신경을 써버리고 말지. 나는 누군가에게 조종당하는 게 아닐까 싶을 정도로 수호신과 악신이라는 존재에 집중했다. 사고 회로의 쳇바퀴를 자꾸만 돌려대는 불안한 햄스터를 멈추어야 했다.

할 수 있는 건 무당의 말대로 가족에게 뭔가를 묻는 것 정도였다.

“엄마, 우리가 소고기 못 먹는 이유가 뭐야?”

“몸에 안 좋으니까. 참, 너 주말에 엄마랑 마트나 같이 가자. 보여줄 사람이 있어.”

“그게 다야?”

“그래, 삼촌 재혼 준비하는 건 알지?”

“내 질문에 제대로 답부터 해줘. 자꾸 꿈에 소가 나온단 말이야.”

엄마가 부엌 수건으로 식탁을 닦다가 썩 유쾌하

지 못한 얼굴로 손을 멈추었다.

"소가 나온다고?"

"응, 점집에서 악신 이야기를 하던데 혹시 뭔가 아는 게……."

점 이야기를 하자 엄마의 표정이 눈에 띄게 구겨졌다. 나는 말실수를 했나 싶어 문장을 정확히 끝내지 못하고 뒤를 잘라먹었다.

"사람이 하는 신 얘기는 전부 다 사기야!"

엄마가 매섭게 얼굴을 어그러뜨리고는 절대 점사 같은 건 보지 말라 신신당부했다. 취미 삼아 타로를 보고 왔을 때는 이렇게까지 과민 반응하지 않았다. 엄마는 아무래도 '점'이라는 주술적 행위에 굉장한 반감을 가진 게 분명했다. 나도 유사 과학은 믿지 않는 편이지만 그런 건 다 사기라고 매도하는 데만 급급하여 내가 암시한 불안을 모른 체하는 건 기분이 좋지 않았다. 오기로라도 엄마의 말을 받아치려다 유치한 짓을 하고 싶지는 않아 입을 닫았다.

듣고 있던 아빠가 대신 말을 이었다.

"네 엄마의 업보를 네가 받는 거지."

엄마는 내 입은 막아도 아빠의 입까지 막진 못했

다. 그랬다간 엄마의 팔이 잘리거나 부서지거나 둘 중 하나가 될 거다. 엄마는 아빠에게서 더 나쁜 말을 듣지 않기 위해 아빠가 아닌 나를 방 안으로 밀어버렸다.

"박이원, 쓸데없는 소리 말고 아프면 잠이나 자."

"저것 봐. 찔리는 게 있으니 자식을 잡는 거야. 다 똑같아, 너나 애들이나."

아빠의 주특기는 자신을 제외한 가족을 싸잡아서 비난하는 일이었고(여기에는 오빠도 포함된다) 엄마의 주특기는 함구였다. 도대체 왜 결혼을 한 건지 이해되지 않는 부부의 퍼포먼스를 관람한 후에 나는 방문을 쾅 닫아버렸다. 자고로 이 나라에서 부부라는 건 사랑하는 사람끼리 백년해로하겠다는 쌍방 합의를 기반으로 행정적 문서 관계를 유지하며 살아가는, 국가가 인정하는 한 팀이 아니던가(사실 국가의 인정을 왜 꼭 받아야 하는지는 의문이지만). 어째서 한 팀임에도, 심지어 자녀를 낳았음에도 서로에게 의지하지 못하는 사람들이 한 가정에서 서로를 피 말리며 살아가는지 의문이었다. 사람의 관계란 사랑으로 손을 잡아도 증오를 향해 허리를 꺾어버리는 얄궂은 갈대 같은 것이려나.

엄마도 아빠도 참 마음에 들지 않았다. 저런 사람

들 유전자로 나랑 오빠 같은 자식이 나왔으니 둘은 우리를 향해 절을 해야만 한다. 이렇게 부모를 모욕하는 일은 우스운 놀이처럼 단발적인 통쾌함을 주긴 했지만, 결국은 나를 찝찝하게 만들 뿐이었다. 죄책감이 들었다.

*

동아리 모임은 순조롭게 진행됐다. 내가 아팠던 사이에 각종 자료가 동아리방에 잔뜩 추가되어 이것저것 살펴보았다. 알아볼 수 있는 말보다 봐도 이해가 되지 않는 말이 더 많았지만, 보고 있다는 사실 자체만으로도 뿌듯했다.

원래 철학에 관심이 있던 건 아니었다. 고등학생 때도 다른 과목에 더 관심이 많았고 현재 전공도 경영학과라 철학이라는 학문과는 접점이 적었다.

처음에는 그냥 겉멋이었다. 철학에 관심이 있다고 하면 왠지 좀 속이 깊어 보이는 것 같고, 남들보다 책 한 권은 더 읽었을 것 같고, 동기들이 유튜브랑 넷플릭스에서 본 영상으로 시시덕거릴 때 나는 여기 사람들과 니체 얘기로 시시덕거리면 전혀 알아듣지 못해도 똑똑

해진다는 착각이 들었다. 원래 인생은 폼생폼사라는 말이 있듯이 뻰지르르하게 보이는 게 중요한 법이었다.

그렇게 시작한 철학은, 생각 외로 재미있었다. 모든 걸 다 이해하진 못했지만 어떤 믿음은 내 마음에 조용히 자리 잡아 음험한 불안을 잠재웠다. 내 하루가 어둑하고 내 어딘가가 활기차지 못한 게 잘못이 아니라 인간이라면 응당 겪을 수밖에 없는 필연적 고독이라 말해주는 점이 좋았다. 삶이라는 게 생각만큼 역동적이지 않다는 걸 먼저 받아들여준 위대한 학자들이 고마웠다. 나만 갇혀 있는 건 아니라는 말이니까.

고독을 공유할 수 있는 존재가 있다는 사실은 나처럼 외로운 사람들이 오늘을 살고, 내일을 받아들이는 데 큰 보탬이 된다. 그런 의미에서 설이 나의 외로움을 꿰뚫어 본 순간에 그녀를 성급하게 친구로 받아들였을지도 모른다.

"오늘은 왔네?"

일찍 온 설이 아무렇지 않게 인사를 건넸지만, 나는 그동안의 일로 혼자 꽁해 있는 상태였다.

"몸은 괜찮아?"

"내가 아팠던 거 알고 있었지?"

"응, 카톡 봤으니까."

근데 왜 말이 없었냐고 따져 묻고 싶었으나 하고 싶은 말을 다 해버리면 그림이 영 이상해질 것 같아 관두었다. 그때 설이 가방에서 뭔가를 꺼냈다.

"너 오면 주려고 기다렸어. 냉장고에 넣어놨다가 먹어."

설이 건넨 건 비타민 음료였다. 오래전에 샀는지 미지근하게 식어 있었다.

이런 걸 챙겨주지 말고 시기적절하게 안부 메시지나 보냈다면 좀 좋았을까 싶었다. 그날 단둘이 회식에서 빠져나와 점까지 보러 갔으니 나는 우리가 친해졌다고 생각했는데, 안부 연락을 하지 않은 일로 나는 결국 설에게 조금은 실망해버렸다. 그러지 않으려 했는데.

타인에게 건 기대가 배반당한 뒤에 얻는 감정은 그게 실망이든 서운함이든 스스로 견디기 어려운 응어리가 된다는 걸 모르지 않았다. 아무리 생각해봐도 나쁜 것들에는 거역이 어려운 인력이 있고 그건 감정도 마찬가지였다.

동아리방 문이 열리고 우리의 대화를 적절히 끊어줄 익숙한 얼굴들이 우르르 들이닥쳤다. 나는 괜한 용심이 들어 설에게 답을 하지 않은 채로 널찍이 떨어져 앉았다. 이런 내가 유치하다고 미워하지 않기를 바라면서. 왜냐하면 나는 네가 연락하지 않는 동안 네 생각을 많이 했거든. 딱히 하려고 한 건 아닌데 악신 이야기를 떠올릴 때마다 그날의 설이 함께 생각나곤 했다.

발제자인 은호는 동아리원들에게 자료를 나눠 주고 모임 시작을 선언했다. 이번 주제는 프로이트였다.

"프로이트에 따르면 마음은 총 세 개의 층으로 나뉘어. 의식, 전의식, 무의식. 그중 정신분석에서 중요하게 여기는 건 무의식인데, 이 무의식에 숨겨진 두려움이나 불신이 그 위 단계인 전의식과 의식에도 영향을 줘. 현우를 예로 들어볼까? 현우는 요즘 인문대학 건물 근처에는 얼씬도 못 하거든? 이 기피는 '의식적 행동'이지. 그 아래에는 국어국문학과 여자 친구와 CC를 했다가 대차게 까인 기억이라는 전의식이 있어. 또 그 아래에는 실연으로 생긴, 여자 친구를 향한 두려움과 분노가 무의식으로 굳어 있지. 결국 현우가 인문대학 건물에 있는 CU 대신, 한참을 걸어 캠퍼스 밖 GS25만 골라 가는 의식적 행위에는 이별로 경험한 두려움이 지대한 영향을 준다는 거야. 무의식과 전의식은 이런 식으로 자꾸만 연결돼."

"형, 설명이 기분 더러운데요."

은호는 멋대로 현우의 비공개 연애사를 전체 공개로 전환했다. 그 덕에 의식의 수준에 대한 설명은 어렵지 않게 이어졌다.

현우의 다각도 희생 덕에 철학 모임은 흥미로움과 소란스러움을 여러 번 넘나들며 즐겁게 마무리됐다. 오후 8시가 조금 넘은 시간이었다. 태석이 회식을 제안했으나 늘 바람잡이 역할을 하던 은호가 호응하지 않아 무산됐다. 분위기를 살피던 설이 먼저 퇴장하는 모습을 보고 나 또한 미련 없이 자리에서 일어났다.

평소 셔틀버스를 타지 않고 도보로 귀가하던 은호가 버스 정류장까지 나를 따라왔다.

"몸은 괜찮아?"

"이제 말짱해요."

"다행이네. 비타민 음료 좋아하나 봐?"

이제 보니 설이 준 음료를 나도 모르게 손에 계속 쥐고 있었다.

"설이가 줬어요. 절 걱정했대요."

"걔가? 너 없을 때 네 얘기 안 하던데."

나는 그 말에 또 기분이 언짢아져 괜히 가방 바깥 주머니에 음료병을 쑤셔 넣었다.

"걔 되게 특이하지 않아? 내 자취방 근처에 사는 것 같더라."

"근처면 노블리안?"

"글쎄, 건물로 들어가는 건 못 봤는데 모임 끝나고 몇 번 같이 걸었어. 친해질 겸 친구들한테 동아리 좀 영업해달라고 부탁하니까 전과생이라 친구가 없대. 무슨 1학년이 벌써 전과를 해? 더군다나 종교사학과로."

설이 전과생이라는 건 처음 알았다. 1학년이어도 한 학기만 이수하면 누구나 전과를 신청할 수는 있지만 한 학기만 다니고 곧바로 전과하는 경우는 확실히 많지 않았다. 보통 1년은 다녀보고 2학년 때 결정하기 마련이니까. 더군다나 종교사학과는 미래 존치가 불확실한 학과이지 전과할 정도로 전도유망하지 못했다.

"특이하다면 오히려 좋죠. 철학 동아리에 더 어울리니까요."

"너다운 답이야."

은호가 웃으면서 나의 머리칼을 헝클어뜨렸다. 갑작스러운 손길에 나는 잠깐 걸음을 멈추었다.

그가 뒤로 메고 있던 백팩을 앞으로 옮기더니 부랴부랴 하얀 봉지를 꺼냈다. 그 안에는 감기약을 비롯해 평소 내가 좋아하는 탄산음료가 들어 있었다. 동아리에 오기 직전에 구매했는지 아직 찬 기운이 남아 있었다.

"너 주려고."

"에이, 저 괜찮은데. 고마워요."

"사실 경우가 있을 때는 말 못 했는데……."

갑자기 경우의 이름이 나오자 나는 못 들을 것을 들은 사람처럼 들숨을 붙들었다. 은호는 지금부터 할 말이 본인에게 몹시 어려운 말이라는 걸 뉘앙스로 여실히 드러냈다. 갈 곳을 잃은 손과 흔들리는 눈으로도 감정이 훤히 보였다.

"나도 널 좋아해."

"예?"

"내 의식과 전의식 그리고 무의식, 그 모든 곳에 네가 있어."

갑자기 이게 무슨. 어처구니가 없어 은호를 똑바로 바라보았다. 이런 걸로 장난을 치는 거라면 당장 절연해야지 싶었는데 그는 장난이 아니었다. 어쩐지 경우가 죽은 후부터 안부를 빙자하여 메시지를 자주 보낸다

싶더니. 그 연락들은 순수하지 못했다.

"너무 갑작스러운데요……."

"알아, 네가 아직 준비 안 됐다는 거. 그냥 마음만이라도 알아줬으면 해. 정말 고민 많이 했어. 자꾸 생각나고 머릿속에 맴도는 존재. 우리는 결국 그런 사람을 바라보며 살 수밖에 없잖아? 나한텐 그게 너야."

이럴 때는 그냥 입을 닫는 게 최선이었다.

"괜히 신경 쓰이게 만들었네, 미안."

은호는 나의 어정쩡한 침묵으로도 충분한 답이 됐다는 듯 어색하게 웃으며 이마 양쪽을 긁었다. 무안해서 긁는 것치고는 꽤 오랫동안 긁는 게 분위기가 바뀌기만을 기다리는 모양새였다. 그동안 나는 행여나 내 심경의 변화가 생기는지를 살폈으나 끝내 수긍의 답은 나오지 않았다.

"아무래도 저는……."

"버스 왔다. 얼른 타!"

그는 풀 죽은 내색을 하지 않고 밝게 손을 흔들며 인사했다. 나 또한 버스에 올라타 창밖을 바라보며 웃는 얼굴로 안녕을 전했다. 그 인사 아래에 고백을 받아줄 수 없노라는 미안함을 마련해둔 채로.

그날 밤, 은호는 신원 불명의 괴한에 의해 살해당했다.

우바리와 제구관

경우가 죽었을 때처럼 형식적인 조사를 받았다. 이번에도 은호와 마지막으로 만난 사람은 나였다. 특이한 점이 있다면 은호는 확실한 타살이었다. 사인은 1번 목뼈와 2번 목뼈 사이를 날카로운 둔기로 가격당해 발생한 호흡정지였다. 머리가 아닌 목뼈 가격이라는 난도가 높은 살해 방법을 쓴 것으로 보아, 경찰은 범인이 은호의 머리를 노리기 어려울 만큼 체구는 작지만 살인에 상당히 공을 들였을 거라 추측했다. 일반인은 호흡에 영향을 주는 경추가 어디인지 잘 모르기 때문이다. 경우와 은호의 공통점에 내가 있다는 건 경찰도 의아하게 여겼으나 범인을 나로 특정할 수 있는 증거는 없었다. 없는 게 당연하지. 난 둘의 죽음에 상관이 없으니.

그런데.

정말로 없나?

은호는 CCTV 사각지대에서 살해당했고 범행에 사용한 둔기 또한 발견되지 않았다. 경찰은 요즘 묻지마 살인이 많이 일어나니 웬 미친놈에게 재수 없이 당한 일이라는 자조를 남겼다. 그 '재수 없는' 사고에 나는 무고한 게 맞을까.

내가 얼마나 슬퍼했는지는 이야기하지 말자. 아무도 궁금해하지 않을 테니까. 나는 집으로 돌아와 베개에 얼굴을 파묻은 채로 머릿속에서 자꾸만 선명해지는 악신의 기운에 괴로워했다. 근거가 없을수록 직감만큼은 확실해졌다. 분명 둘의 죽음에 내가 어떠한 연관이 있고, 점집에서 본 검은 쌀알처럼 등 뒤에 다섯 명의 악신이 우글거리고 있다면 이 정도로 끝나지 않을 게 분명했다.

둘은 나를 좋아한다고 했다. 그럼 빌어먹을 악신 새끼들이 나를 좋아하는 사람들을 하나씩 죽임으로써 내 인생을 희롱하기로 작정한 걸까. 꿈속의 흰 소는 내가 뭐라 말을 걸어도 아무런 답을 하지 않았다.

그렇게 생각하니 나 자신이 무섭기도 했다. 누군가를 죽일 정도로 강력한 저주가 들러붙었다는 점과 그럼에도 꾸역꾸역 삶을 이어가고 있다는 점이.

동아리 활동은 당연히 중단됐다. 경우는 일반 회원이었지만 은호는 부회장이었기에 그의 공석은 너무나 컸다. 장례가 끝나고 몇 주가 지나도 동아리 단톡방은 활성화되지 못했다.

태석이 받은 충격도 곱절은 더 두터웠다. 태석의 메신저 프로필에는 추모 국화 사진이 있었는데 어느 순간을 기점으로 아무런 사진도 보이지 않았다. 무엇보다 그는 나의 어떤 연락에도 응답하지 않았다.

하지만 설은 달랐다.

"나는 죽은 선배보다 널 더 걱정했어."

"거짓말."

"나는 네 친구지, 그 선배 친구가 아니야."

오랜만에 교내 카페에서 만난 설은 마치 죽은 사람은 아무 상관없는 듯 차별하며 소름 돋는 미소를 지었다. 공복인 나를 위해 샌드위치를 사서 건네주는 다정함이 한겨울의 몸살처럼 서늘하되 뜨겁게 피부를 훑었다.

“살 빠졌네.”

“밥맛이 없어서.”

“잘 먹고 다녀야 해.”

“왜 자꾸 챙겨줘?”

“말하지 않았나? 외로워 보인다고.”

“너랑 무슨 상관인데?”

“그냥 그런 사람들 있지. 누가 쓸쓸해 보이면 꼭 곁에 가서 너는 혼자가 아니라고 말해주는 사람들. 사실은 자기가 제일 듣고 싶어 하는 말이면서, 남에게 먼저 말해주고 손 내미는 사람들. 언젠가는 그 말이 돌고 돌아 자기에게도 오리라 믿는 어리석은 사람들. 내가 그런 사람인가 보지, 뭐.”

우리는 동아리에서 만난 관계였다. 동아리원의 죽음을 두고 서로를 걱정하는 일은 이상하지 않았다. 하지만 설도 이제 알게 됐을 거다. 경우도, 은호도 죽기 전에 나를 만났다는 걸. 보이는 사람의 입은 다물게 할 수 있지만 보이지 않는 소문에는 재갈을 물리지 못한다. 태석이 나의 연락을 차단한 것에 내가 분노할 수 없는 이유다. 그럼에도 설은 나와의 관계를 파기하지 않았으며 오히려 계속해서 동질감을 표현하며 다가왔다.

나는 설이 준 샌드위치의 삼각형 플라스틱 케이스만 만지작거리며 머리를 공회전시켰다. 생각해봤자 별달리 얻을 소득도 없었지만 그냥 아무 생각이나 꼬리 물기를 시켜보았다.

설은 그런 나의 얼굴을 감상했다. 너무 빤히 쳐다봐 민망할 정도였다. 혹시, 사실은 너도 나를 오해하는 건 아닐지. 내게 기분 나쁜 저주가 있다고, 종교사학적으로 접근해보면 악마의 자식이라든가…….

"아직도 꿈에 소가 나와?"

설의 한마디에 공회전을 반복하던 머릿속 수레바퀴가 폭삭 무너졌다. 역시 저 아이도 나쁜 뭔가를 추측하는 게 틀림없었다. 연이은 죽음과 내 꿈속의 소가 연관이 있다는. 의문문 속에 감춰진 흐릿한 확신만 봐도 알 것 같았다. 안 그런 척하고 있지만 넌 타인의 불행에 흥미를 느끼고 그걸 직접 확인해보고 싶은 거지, 그렇지?

외로워 보여서 다가왔다는 말과 달리 그녀가 나를 흥밋거리 정도로 취급한다는 의심이 피어올랐다. 그건 서운함의 또 다른 얼굴이었다.

"나쁘게 받아들이지 마. 전공이 전공이다 보니

종교 쪽으론 아는 게 있어서 그래. 내가 돕겠다고 한 말, 잊지 않았지?"

그랬다. 설은 분명 나를 도와주겠다고 했다.

"난 안 믿어. 눈에 보이지도 않는 그런 것들."

믿지 않는다고 육성으로 말하는 순간 어렴풋이 깨달았다. 나는 알게 모르게 꿈과 악신, 그 모든 것을 다 믿고 있었다. 믿지 않겠다는 선언 자체가 사실은 악신을 믿고 두려워한다는 반증이었다.

"꿈에 나오는 소 말이야. 어쩌면 악신이 아닐 수도 있어."

"악신이 아니라고?"

나는 그만 들떠서 물어버렸고, 믿지 않는다는 말이 거짓임을 들키고 말았다.

"흰 소를 숭배하는 종교 들어봤어?"

설이 수업용으로 들고 다니는 아이패드를 꺼내 사찰 사진을 하나 보여주었다.

"부산에 있는 절이야. 여기에 '우바리'라고 AI 승려가 있는데 웬만한 종교 데이터를 모두 갖고 있어. 현장실습으로 다녀온 적 있거든."

"부산에 가자는 말이야?"

"곧 학기도 끝나잖아."

그제야 나는 설의 머리 뒤편 창 너머로 펼쳐지는 차가운 세상을 보았다. 내가 두 남자의 죽음에 얽매여 있는 동안 시간은 1초도 쉬지 않고 흘러갔다. 경우가 죽은 가을이 뛰어갔고, 은호가 죽은 초겨울도 잰걸음으로 떠나가는 중이었다. 시간은 내가 무슨 일을 겪든 멈출 생각이 없었다.

"우리 같이 문제를 해결하자."

설이 망설이는 나의 두 손을 잡았다. '우리'라는 말은 무슨 의미일까. 역광 때문에 테라스의 실루엣이 된 설의 얼굴이 일순간 하얗게 보였다. 빛이 쏟아질수록 설에게 드리우는 어둠은 짙어지는 게 희한했다. 빛도, 시간도, 너도, 전부 제멋대로였다.

내 뜻대로 움직이지 않는 이 세계의 모든 것은 언제나 나를 낯선 들판으로 이끌었다. 그 들판의 끝에 수호신이 서 있을지 악신이 서 있을지는 알 수 없었다.

*

수업은 귀에 들어오지 않았다. 머릿속에는 경우

와 은호, 소와 설의 이미지가 각자 자신에게 더 많은 공간을 할애하라 아우성쳤다. 무엇이 최선인지 짐작이 되지 않아 그냥 그 이미지들이 싸우게 내버려뒀다. 나는 사방에 노출된 계절적 자극만 꾸준히 느낄 뿐이었다. 추워지는구나, 하고.

50분을 내리 떠든 교수가 잠시 쉬는 시간을 선언하자 지연이 곁으로 와 앉았다.

"이원아, 점심 먹었어?"

"언니 오랜만이네요."

"매주 같이 수업 들으면서 오랜만은. 별일 없었지?"

"저는 괜찮아요. 언니는요?"

지연은 3학년 선배로, 1학년 때 청춘을 탕진한 벌로 경영학원론을 재수강하고 있다. 도서관 근로장학생으로 일하고 있지만 학교를 나오는 날만큼 자체 휴강이 많았다. 아마 20대를 기막히게 잘 누리고 있는 대학생을 뽑으라면 이 언니가 뽑히리라. 매 순간 충실히 사는 사람답게 무거운 이야기는 딱 잘라 끊어내면서도 철학 동아리는 꾸준히 활동하는 희한한 타입이었다.

"상 치르는 것도 내성 생긴대. 경우 죽었을 땐 돌

아버리는 줄 알았는데 두 번 겪으니 정신이 빨리 드네."

지연이 숄더백을 주섬주섬 뒤지더니 사탕 두 알을 꺼냈다. 이 언니는 늘 먹을 걸 들고 다니면서 후배들에게 나눠 주길 좋아했다.

"나 다음 학기 휴학하려고."

"자퇴 아니고요?"

"아휴, 이게 사탕값도 못 하고 악담을 해."

지연은 내 머리에 꿀밤을 먹이는 시늉을 했지만, 이내 달게 웃고 말았다.

"아는 사람이 둘이나 죽었잖아. 휴학하면서 내 마음부터 돌보려고."

지연은 평소와 달리 어른스러워 보였고, 꽤나 무거운 이야기를 먼저 걸어왔다. 눈가에 그녀답지 않은 빛이 서려 있었다. 나는 왼쪽 손등의 벌레 물린 자국을 발견하고 긁었다. 겨울인데도 모기가 있는 걸까.

"이원이 너, 설이랑은 친해?"

"나름요."

지연이 제 몫의 사탕을 까 입에 넣었다. 단단한 알맹이가 입안을 굴러다니며 어금니와 부딪는 소리가 났다. 그 소리에 이끌려 올록볼록 부풀었다 꺼지기를 반복하는 빰을 바라보는데, 이상하게 꿈에서 보았던 소가 겹쳐 보였다. 지연은 피부가 흰 편도 아니고 오히려 건강하게 태닝을 해 어두운 편이라 겹쳐 보이는 게 의아했다.

"같이 일하는 근로장학생이 종교사학과 1학년이라 내가 물어봤거든? 근데 좀 이상해."

앞문을 열고 10분을 칼같이 지킨 교수가 재입장했다. 지연 역시 서둘러 자리로 돌아가기 위해 숄더백을 챙겼다.

하지만 그녀가 남긴 한마디 덕에 나는 수업 내도록 집중하지 못했다.

"한 번도 강의실에서 차설이란 애를 본 적이 없대."

*

집으로 돌아오니 아빠가 엄마를 드잡이하고 있었다. 저 미친 남자는 하루 종일 집에서 가사를 담당하는 엄마를 한순간도 가여워한 적이 없었고, 살가운 말은커녕 멱살이나 잡는 한심한 새끼였다. 아, 아버지에게 새끼라는 말은 지나치게 패륜적이지. 개자식으로 정정하자.

신발을 벗지 않고 현관에 목석처럼 서서 꽤 긴 시간 동안 탐색을 진행했다. 내가 끼어들어도 될 싸움인지, 내게 올 피해는 없는지. 엄마에게는 미안하지만 엄마나 나나 이 집에서는 피차일반 약자였다. 개미끼리 협력해봤자 사자를 쓰러뜨리지는 못한다.

다행히 방에서 뛰쳐나온 오빠가 엄마를 품에 숨기고 대신 매타작을 당해주었다. 오빠는 집안에서 유일하게 아빠를 이길 수 있(으리라 간주되)는 인간인데, 빌어먹을 유교사상 때문에 절대 아빠를 거스르진 못했기에 방어만 했다.

"경고했는데도 기어이 꼬리를 쳐?"

"아빠, 제발 그만요. 왜 자꾸 혼자서 오해하는 거예요?"

"오해 아니야. 내가 다 봤다고."

"정신 좀 차리세요. 엄마 장도 못 보게 만들 셈이에요?"

아빠가 엄마에게 화내는 이유는 간단했다. 엄마가 사랑하는 모든 것에 아빠만 쏙 빠져 있어서다. 처신타령을 좋아하는 엄마는 나와 오빠에게 허구한 날 잔소리를 했고, 이웃에게도 참견하길 좋아했다. 그러나 아빠는 내버려뒀다. 엄마는 길거리의 개와 고양이도 챙겼다. 반면 아빠가 빗길에 넘어져 팔꿈치가 까진 날에 엄마는 마데카솔만 챙겨줄 뿐 괜찮냐는 물음 한번 없었다. 엄마는, 어쩌면 길가에 널브러진 개똥에도 안부를 물을 사람이지만 아빠가 먹는 밥에는 청산가리가 들어 있어도 심드렁할 사람이다. 시간이 지날수록 아빠를 향한 엄마의 마음은 더 말라갔다. 분명 과거보다 지금 더, 오늘보다 내일 더.

사랑받지 못해 비뚤어진 철부지처럼 아빠는 엄마의 사랑을 갈구한다는 진심은 늘 감추고 엄마가 사랑해선 안 될 것들을 사랑한다고 원망했다. 마트 직원에게 상냥히 굴어 서운하다는 말 대신, 꼬리를 쳤고 불륜을 도모했으며 허파에 바람이 찼다는 말을 쏟아내야 그의 성미가 풀렸다.

"그만 좀 해!"

나는 메고 있던 숄더백을 아빠에게 집어 던졌다. 그를 닮아 팔심만큼은 뒤처지지 않는 나라서, 포물선을 그리던 가방이 정확히 남자의 뒤통수를 가격했다. 얼굴이 새빨개진 아빠는 표적을 나로 바꾸었다.

"너도 태어날 때부터 재수 없었어. 따지고 보면 일한이 하나로 자식새끼는 충분하니까 너 같은 딸은 태어나지 말아야 했어!"

오빠가 흥분한 아빠를 뒤에서 끌어안고 몸을 쓰지 못하게 말렸다.

"아빠, 제발 그만요."

"놔."

"안 돼요. 박이원, 너 빨리 엄마 데리고 방에 들어가!"

나는 재빨리 엄마의 팔을 잡고 방으로 들어가 문을 잠갔다. 이제 남은 과정은 단순했다. 아빠는 엉덩이에 불이라도 붙은 사람처럼 펄쩍거리며 날뛰고, 오빠가 매를 대신 맞고, 분에 못 이긴 아빠가 외투와 지갑을 챙겨 나가버리는 엔딩. 이 엔딩은 나름 해피엔딩이다. 적어도 세간살이가 박살 나지는 않으니.

"머리 둘 달린 악신을 몰고 온다는 저주나 받더니!"

아빠의 고성과 현관문을 쾅 닫는 굉음이 중첩돼 들렸다. 엄마는 방바닥에 어설프게 앉아 멍하니 앞만 보았다.

나는 엄마에게 방금 아빠가 한 이야기가 무엇이냐 물었다. 엄마가 답이 없자 얼마 전 점집에서 이상한 이야기를 들었으며 꿈에 자꾸만 소가 나온다는 말을 다시 한번 전했다. 악신과 저주. 믿고 싶지 않으나 나를 둘러싼 거대한 흐름이 존재하는 걸지도 모른다는 의미심장한 말을 덧붙이자 엄마의 호흡이 불규칙해졌다. 나는 그 떨림의 기저에 숨은 진실이 무엇인지 알고 싶고, 최근에 겪은 친구들의 죽음이 몹시 신경 쓰인다는 우려를 거듭 강조했다.

"다시는 점 같은 거 보지 마. 사람이 하는 이야기는 애초에 듣지를 말아야 해."

"왜?"

"사람은 결국 사람이 하는 말을 믿게 되니까."

엄마의 흔들리는 눈동자까지 어쩌지는 못하지만 떨리는 팔 정도는 내가 감싸줄 수 있었다. 그녀는 사람은 사람을 믿고 싶어 하고, 모든 불행과 악연이 그 믿음으로부터 시작되니 절대 시작도 말라는 강요와 혼잣말의 중간쯤인 무언가를 반복했다. 내게 하는 말이 아니라 자기 자신에게 새기는 각인같이 느껴질 정도로 필사적이었다.

"그러면 사람이 아니라 물건의 말을 들어보는 건 괜찮아?"

"무슨 물건?"

"부산에 AI 승려라는 게 있대. 사람이 아니니까 더 정확하지 않을까?"

"정말로 너 뭔가를 느끼고 있는 거야?"

"엄마야말로 정말로 뭔가를 숨기고 있는 거야?"

우리는 색이 다른 불안을 애써 감춘 채 서로의 손을 꽉 쥐었다. 살갗을 통해 따뜻한 체온이 느껴졌지만, 어쩐지 이 마음은 연대가 아니라는 생각이 들었다.

식은땀이 났다.

*

자판기에서 음료 하나를 뽑아 종교사학과 조교실을 두드렸다. 기말 기간이라 예민한지 조교는 둔탁한 노크 소리를 듣고도 대답하지 않았다. 어련히 사람이 있겠거니 싶어 문을 열자 조교가 문서를 정리하다 나를 흘겨보았다. 종교사학과 학생이 아님을 인지한 눈빛이 목소리 없이도 퉁명을 드러냈다.

나는 쭈뼛거리며 음료를 내밀었다.

“저기, 저 경영학과에서 왔는데요. 뭐 좀 물어보려고…….”

“뭔데요?”

“혹시 종교사학과에 차설이라는 학생 있나요?”

확인하고 싶은 건 복잡한 게 아니었다. 지연이 미심쩍은 이야기를 했으므로 설이 정말로 종교사학과에 등록된 학생인지만 확인하면 됐다. 만약 학부생이 아니라면 설이 말한 것은 그 어떤 것도 믿을 수 없게 되고 그녀는 절대 가까이해서는 안 되는 거짓말쟁이가 된다. 친하게 지내지 말란 지연의 말대로 나는 설에게 두 번 다시 연락하지 않을 것이다.

“있는데, 왜요?”

조교는 나의 추후 계획을 비웃기라도 하듯 성가심이 꽉 찬 태도로 의심을 전면 부정했다.

“차설이라는 학생이 있다는 거죠? 외자예요, 외자. 차, 설.”

“있다니까요?”

한 번 더 물어보면 문서 더미를 던질 기세였다. 학부에 소속된 학생을 다짜고짜 캐묻는 일이 불쾌했는지 혹은 업무를 방해하는 행위 자체가 싫었던 건지 알 수 없었지만, 그 불퉁함에 당황하여 친구의 부탁을 받아 물어본 것이라는 말도 안 되는 변명을 읊조리고 그대로 문을 닫았다.

지연의 우려가 무색하게 설은 종교사학과에 소속된 학생이 확실했다. 그러면 이제 간단하지. 원래 계획대로 함께 부산에 가고, 우바리라는 AI를 만나면 될 일이었다.

한편으로는 설의 정체에 대한 의심이 싹 가셔 속이 시원하기도 했다. 멀쩡한 사람을 오해한 점이 미안했기에 설을 만나면 더 잘해주자는 생각이 들었다. 나는 아직 설과 친해지고 싶다는 마음을 폐기하지 못했다.

*

설은 어째서 엄마까지 데려왔냐고 묻지 않았다. 엄마도 설에게 어째서 부산까지 가야 하냐고 묻지 않았다. 오직 중간에 낀 나만 횡설수설하며 둘의 어색함을 풀고자 애쓸 뿐이었다.

“엄마, 여기는 동아리 친구 차설. 종교사학과인

데 무속신앙 관련해서 아는 게 많대."

"그렇구나, 똘똘하게 생겼네."

부산으로 향하는 KTX 4인 좌석에 엄마와 내가 나란히 앉고 설이 맞은편에 혼자 앉았다. 사람이 아닌 AI의 말을 들어보자는 내 의견에 엄마는 시큰둥했다. 하지만 '소가 나오는 꿈' 하나만으로 그 시큰둥함이 충분히 가려지는지 엄마는 함께 떠나자는 말을 수락했다.

솔직히 엄마가 따라올 줄은 몰랐다. 같이 가보자고 권유했던 건, 내 입장에서는 엄마가 함구하고 있는 어떤 진실을 끌어내기 위한 미끼 같은 제안이었지 진짜로 모녀 여행을 떠나자는 건 아니었다. 이렇게 나서서 도시락까지 싸 올 줄은 상상도 하지 못했다. 엄마는 단지 집을 떠나 바람 쐬러 가는 김에 딸 친구도 구경하는 거라고 했지만 속은 달라 보였다. 엄마는 아빠와 함께하는 순간을 1초라도 벗어나고 싶어서 굳이 여기까지 나를 따라온 것 같았다.

사람들은 집에 있을 때 가장 편하다던데 엄마는 가장 편안해야 할 곳에서 아빠와 함께일 때 제일 불행했다. 엄마에게는 나와 오빠의 존재도 불행에 일조하는 것일지도 몰랐다. 혼자여야만 행복할 수 있는 사람처럼 엄마는 필연적으로 외로움과 짝이었다. 나는 오래전부터 어쩌면 내가 가진 태생적 고독함이 그녀에게서부터 내려온, 연결된 끈 같은 감정은 아닐까 생각해왔다.

엄마답지 않은 복잡하고 조용한 옆얼굴을 보고 있노라면 많은 추측이 근거도 없이 떠올랐다가 사라졌다. 엄마는 모든 잘못을 내 탓으로 돌리는 사람이었다. 경우가 죽었을 때는 내가 전날 처신을 잘하지 못해 그 아이마저 위험에 처하게 했다고 말도 안 되는 꾸중을 했다. 죽음이라는 충격적인 사건은 그 크기만큼이나 큰 반작용을 남긴다. 대체로 살아남은 자에게 '네가 잘했다면' 식으로 쏟아내는 원망의 형태인데, 엄마 역시 두려움을 감추기 위한 반작용으로 원망을 표현했다는 걸 머리로는 알았으나 가슴으로 받아들이긴 힘들었다.

엄마는 늘 그랬다. 나를 사랑하면서도 나를 탓했다. 내 행동과 내 몸과 내 마음은 그녀를 많이 닮았고, 그녀는 그 닮음을 의식적으로 기피했다. 그녀의 전의식과 무의식에 무언가 내가 모르는 게 있는 걸지도.

"어머니, 우바리를 보고 오면 분명 이원이에게 도움이 될 거예요."

"도움은 무슨. 사람 말은 믿을 게 못 되니까 그거

라도 들으러 가는 거지, 뭐."

엄마는 종교사학과의 조교처럼 퉁명스럽게 답을 뱉고는 도시락통을 꺼냈다. 말은 이렇게 하면서도 설의 몫까지 준비해 음식은 총 3인분이었다. 서울역에 도시락을 파는 곳이 있으니 간편히 구입하자고 했지만, 엄마는 아빠에게 결제 내역을 들켰다간 별의별 의심을 다 살 거라며 기어이 직접 만들었다. 우리의 당일치기 부산행을 아빠는 절대 몰라야 한다고 했다.

"근데 내가 너랑 만난 적 있니?"

"저랑 아주머니가요?"

"낯이 익은데. 혹시 너 나 알아?"

엄마는 도시락을 건네며 설을 한참 노려보았다. 나는 철학 동아리에서 설을 처음 보았으며 동네에서 본 적도, 비슷하게 생긴 사람을 마주친 적도 없었다. 우리가 확실히 초면이라면 엄마와 설도 초면이 분명했다.

엄마는 높은 확률로 맞아떨어질 명제를 꿰뚫듯이 한사코 자신의 의구심이 틀리지 않다는 기색이었다. 나는 설이 불편해할까 봐 마음이 조마조마했다. 부모가 친구에게 무례하게 굴면 자식의 얼굴이 화끈해지는 건 당연하잖아.

"왜 애를 추궁해?"

"아니, 추궁이 아니라 낯이 익어서."

그제야 엄마는 이것이 예의가 아니란 걸 깨달았는지 설의 수저 위에 계란말이 한 덩이를 올려줬다.

"우교 신자셔서 그런 거 아닐까요? 저도 우교에 흥미가 있는데, 인연일지도요."

설이 방긋 웃었다. 우교는 명칭으로 미루어 보아 소를 숭배하는 종교였다. 나는 엄마에게 설의 말이 사실이냐 물었는데, 엄마는 소의 꼬리처럼 눈동자를 느리게 흔들며 어떻게 알았냐고 되물었다. 엄마의 귀에는 나의 물음보다 낯선 사람인 설의 말이 더욱 중요해 보였다. 둘은 서로에게서 눈을 떼지 못했다.

"소고기를 안 드신다고 해서 추측했어요."

설은 시험문제를 찍어 맞힌 아이처럼 즐겁게 웃어넘기고는 아무렇지 않게 밥과 반찬을 퍼먹었다. 오이소박이를 씹는 소리가 유독 크게 들렸다. 엄마는 비밀이라도 들킨 듯 반응하지 못했다. 만약 이것이 기 싸움이라면 설의 완승이었다.

내게는 두 가지 면에서 충격이었다. 첫째, 엄마가 우교 신자였다. 소고기를 먹지 말라고 한 이유도 몸에 좋지 않아서가 아니었다. 내가 너무 바보같이 믿어왔던 걸까. 그러면서 소가 나오는 악몽을 꾼다는 나의 말은 헛소리 취급 했지. 이로써 확실해졌다. 엄마는 정말로 소와 관련된 뭔가를 알고 있다. 그게 무엇이든 감추고 있는 건 좋은 것보다 좋지 않은 것일 확률이 높았다. 그러지 않고서야 사람이 기를 쓰고 뭔가를 터부시할 리는 없으니까. 가족에게 배신당한 기분이라 밥맛이 뚝 떨어져 반도 먹지 못한 상태에서 도시락 뚜껑을 덮었다.

둘째, 설도 우교에 흥미가 있었다. 그럼 내가 소 꿈을 꾼다고 했을 때 이 아이도 뭔가를 알고서 나를 점집에 데려갔단 거다. 엄마고 친구고 이 빌어먹을 두 여자는 당사자인 나에게 제대로 정보를 제공하지 않았다. 그래놓고 달리는 KTX 안에서, 하필이면 날씨도 이리 좋은 날에 반찬 씹듯이 평범하게 툭 꺼냈다.

"우교는 이원이가 태어나던 해에 없어졌어."

설이 티슈로 입가에 묻은 오이소박이 양념을 닦으며 말했다.

"종교가 어떻게 사라지나요? 신이 늘 뒤에 있는데."

그 말을 기점으로, 우리를 둘러싼 기류가 한순간

에 바뀌었다.

“설아, 내가 소 꿈을 꾼다고 했을 때부터 우교랑 연관 지었던 거야?”

“그냥 추측은 했지. 하지만 너랑 친하게 지내고 싶어서 종교 이야기는 안 했어.”

“내가 우교랑 연관이 있는지 계속 확인해왔던 거지? 네 흥미를 위해서?”

“기분 나빴다면 미안해. 근데 재미로 그런 건 아니야.”

“우교라는 종교 때문에 다가왔다는 사실 정도는 솔직히 말하지 그랬어.”

“말했잖아, 너랑 친해지고 싶었다고. 넌 나한테 물어보지도 않고 조교한테 내가 학부생이 맞는지 묻고 다녔는데, 솔직하게 말했다면 날 피하지 않았을까?”

순간 나는 뜨끔하여 입을 다물어버렸다. 엄마는 우리의 대화를 다 듣고 난 후에 귓속말로 “너 얘랑 별로 안 친하구나”라고 속삭였다. 나는 분한 마음이 들어 팔짱을 낀 채로 창밖에다 시선을 던져버렸다.

KTX는 부산을 향해 문제없이 운행을 이어갔고, 우리는 도착하기까지 아무런 말을 나누지 않았다. 자리에 남아 있는 음식 냄새만이 우리가 일행이라는 증거가 돼줄 뿐이었다. 나는 이래저래 기분이 몹시 불쾌했고, 이 기분에 책임이 있는 설이 원망스러웠다.

*

부산에 가면 인스타그램에서 유명한 돼지국밥집을 방문해보고 싶었다. 해운대 해수욕장이라든가 광안리 횟집이라든가 하는 부산이라는 지역에 대한 로망이 있는데, 우리는 역에 도착하자마자 택시를 타고 범어사로 향했다.

금정산에 위치한 범어사는 부산에서 가장 오래된 사찰로, 지리적으로 산과 바다가 모두 인접해 음양이 공존하는 장소였다. 과거에는 범어사 주변으로 여러 종교의 사원이 많았으나 모두 역사를 이겨내지 못한 채 사라졌다고 한다.

“범어사에서 좀 더 올라가면 종교 물품을 보관하는 제구관(祭具館)이 있어요.”

“사원들이 전부 문을 닫았는데 제구만 보존하고 있을 리가.”

"신도들이 다시 모이면 부흥하기 위함일지도 모르죠."

"너 이런 일 하는 거, 집에서 어머니가 아시니?"

나는 엄마의 무례한 발언에 깜짝 놀라 팔뚝을 꽉 붙잡았다. 아무리 설이란 아이가 수상쩍다고 해도 내 친구인데 무례한 말을 하는 건 가만두고 볼 수 없었다. 설은 고맙게도 불쾌한 내색을 하지 않았다.

"자랑스러워하실걸요."

택시는 범어사 입구에서 멈췄다. 제구관은 내비게이션에 나오지 않는 장소거니와 설령 존재한다 해도 더 진입이 불가하다는 이유였다. 설은 제구관까지 가는 데 필요한 교통비는 모두 자신이 지불하겠다며 멋대로 결제했다. 엄마는 어른이 동행하는데 버릇없이 혼자 결정하냐며 나무랐으나 설은 주눅 들지 않았다. 설이 은근히 엄마를 무시하는 게 느껴져 기분이 좋지 않았다.

초겨울의 산행은 땀 흘릴 일이 적어 수월했다. 설은 가는 길이 심심하지 않도록 먼저 운을 뗐다.

"우교 물품도 제구관에 있으면 좋겠네요."

"넌 우교가 왜 흥미로운 건데?"

"그냥 오래된 믿음일수록 재미있으니까요."

"정말로 이 길에 제구관이 있다고? 옛날에 제구관 같은 건……."

"이 길을 기억하세요?"

설은 오래전에 엄마가 이 길을 걸었다는 걸 상정이라도 한 듯이 물었다. 엄마는 나의 눈치를 한 번 보고, 다시 설을 바라봤다. 설에게는 거짓을 말할 수 없다고 판단했는지 엄마도 더는 시치미를 떼지 못했다.

"이원이가 태어나기 전엔 부산에 살았으니까, 기억나."

"우신이 기뻐하겠네요."

설이 눈웃음과 함께 오른쪽을 가리켰다. 산발적으로 자라난 나무들 뒤로 작은 사찰이 하나 보였다.

종교 시설이라는 게 무색할 정도로 제구관은 초라한 행색이었다. 정문은 열린 채 방치됐고, 여기저기 덤불과 이끼가 들러붙어 언젠가 사람이 손수 칠했을 단청 빛깔도 탁하게 오염됐다. 엄마는 무언가에 압도된 듯 제구관의 현판을 한참 바라보다가 손을 꼼지락거리며 떨었다. 그러고는 이곳은 제구관이 아닌 것 같다며 길을 잘못 찾아왔다고 거듭 주장했으나 그때마다 설은 현판에 적혀진 한자를 반복해서 읽었다. 제구관. 설이 읽은

독음에는 오류가 없었다. 사방을 살피는 엄마의 그림자가 내가 모르는 어둠으로 얼룩졌다. 그 모습만큼은 불순물로 뒤덮인 제구관의 문과 다를 바가 없었다.

설이 앞장서 들어갔고 나는 불안해하는 엄마의 손을 잡고 뒤따랐다. 엄마의 발걸음이 어찌나 무거운지, 들어가지 않으려는 힘이 느껴졌기에 이유는 모르겠으나 원치 않는다면 앞에서 기다리고 있으라 말했다.

“여기는 제구관이 아닐 텐데…….”

“여기 현판에 쓰여 있구먼.”

엄마는 몇 번이고 현판을 살핀 후에야 겨우 들어갔다. 나 역시 태어나서 처음 오는 곳이라 한 걸음 내딛는 것부터 찜찜했다. 악신을 알아보러 왔다가 악신이 더 들러붙을 것 같은 전경이었다.

그때 추위를 싣고 온 바람이 훅 들이쳤고, 나는 어쩐지 등허리에 돋아나는 소름을 이기지 못해 설의 옷자락을 잡았다.

“우바리는 어디에 있어?”

“창고에. 거기가 유일하게 전기가 통하는 곳이거든.”

절당과 종무소 등 몇몇 공간은 모두 문이 잠겨 있

었다. 좀 더 깊숙이 들어가자 설의 말대로 창고가 있었다. 엄마는 제구관이라는 곳은 어떤 종교 시설에 속해 있든 신의 물건들이 쉬는 곳이라 함부로 들어갔다가는 벌을 받는다며 우려를 표했다.

설은 그 걱정에 오히려 반색했다.

"우바리는 기뻐할 거예요. 오랜만에 깨워주는 거니까요."

목재 창고의 문을 열자 사람의 형상을 한 기기가 보였다. 붉은 승복 차림에 머리 부분은 새빨간 천으로 덮여 있어 얼굴이 보이지 않았다. 마치 저주받은 성물처럼 숭고함과 괴기함이 동시에 공존하는 형상이었다.

엄마가 두 손을 가슴에 얹은 채로 호흡을 가다듬었다. 그녀는 이 공간에 있는 사실 자체를 버거워했으나 이유를 말하지 않으니 해결해줄 수도 없었다. 미지의 어둠 위로 몽글거리는 구름이 뭉쳐지더니 머리 위로 흰 것은 괴색이 되고, 푸른 것은 잿빛이 되었다.

"소개할게요. 민간 종교 데이터를 모두 보유한 우바리입니다."

설은 서커스 단장처럼 한쪽 팔을 뻗어 우바리를 근사하게 가리키더니, 목 옆 부분의 전원 스위치를 켰다. 그러자 우바리의 몸 안쪽에서 외곽선을 따라 하얀빛이 퍼져 나왔고, 기기에 입혀진 승복 밖으로도 잔상이 어른거렸다.

“머리의 천은 왜 안 벗겼어?”

“아직 얼굴을 보일 때가 아니라서.”

설은 머리에 덮인 붉은 천을 정돈할 뿐 명쾌히 답하진 않았다. 뒤이어 재빨리 목재 창고에서 우바리를 데려와 제구관 중앙에 위치한 정자를 가리켰다. 엄마와 나, 설이 나란히 착석하자 우바리는 보이지 않아도 인간을 따르는 기능이 있는지 우리 앞에 섰다.

일순간 제구관 위로 엄마를 따라 번졌던 어둠이 확장돼 먹구름으로 자라났다. 비가 오려나 싶어 머리를 손으로 감쌌으나 빗방울은 떨어지지 않았다.

완전히 시동이 걸린 우바리가 인사를 건넸다.

“신도들이여, 돌아오셨습니까.”

나는 충동적으로 붉은 천을 벗겨내고 싶다는 생각이 들었지만, 설이 나의 손을 꼭 잡고 있어 자리에서 일어나지 못했다. 설은 우물쭈물하는 나와 엄마를 대신해서 대화의 포문을 열었다.

“우바리, 우리는 네 도움을 받고자 여기까지 왔어.”

"궁금한 것을 질문하세요."

"흰 소가 나오는 악몽을 꾸는 일이 무슨 의미인지 알아?"

엄마는 설의 말을 끊고, 정말로 저 기계가 뭔가를 알고 있는지 어떻게 믿고 개인의 사정을 미주알고주알 다 털어놓느냐고 뒤늦은 의심을 몰아붙였다. 우바리의 고개가 살짝 꺾여 엄마의 음성을 쫓자 설은 잠자코 들으면 된다며 의심 많은 어른을 달랬다.

"소를 숭배하는 우교에서는 하얗고 큰 소를 신으로 여깁니다. 만약 당신의 꿈에 흰 소가 나온다면 당신과 우신 사이에 연결고리가 형성됐다고 추측할 수 있습니다."

나는 대화를 이어가려는 설의 다리를 손으로 약하게 감싸 저지했다. 설의 입이 아닌 나의 입으로 직접 묻고 싶은 게 있었다. 지금부터는 나와 우바리의 대화가 필요했다.

"우신이라는 건 악신을 말하는 거야, 수호신을 말하는 거야?"

"우신은 우교에서 믿는 신이며 저는 선악 판단을 하지 않습니다."

"며칠 전에 점을 봤는데 내게 다섯 명의 악신과 한 명의 수호신이 붙어 있대. 꿈에 나오는 소는 한 마리뿐인데, 그럼 수호신으로 간주해도 되는 건가?"

"저는 종교적 규율에 의거한 이론을 다루는 AI이며 가치를 재단하지 않습니다."

"그럼 이 질문은 어때? 특정한 꿈을 꾸고 난 뒤에 주변 사람들이 죽었어. 반복되는 꿈이 끔찍한 경험을 초래한다면, 꿈에 나오는 게 수호신은 아닌 거지?"

"수호신은 대상을 가호하는 역할을 하며 악신은 반대입니다. 통상적으로 죽음이라는 건 인간이 겪는 가장 끔찍하고 두려운 일이므로 수호신의 가호가 더 강하다면 당신이 타인의 죽음을 쉽게 경험할 리 없습니다."

"네 말은 곧, 지금 내겐 악신의 영향이 더 크다는 뜻이지?"

"그러나 저는 인간에게 붙어 있는 신의 선악을 판단하지 않습니다."

"못하는 거야, 안 하는 거야?"

"하지 않습니다."

"질문을 바꿀게. 구분 방법이라도 알려줘."

"인간은 구분이 불가합니다. 신이라는 본질은 똑

같기 때문입니다."

"그럼 우교에서는 수호신과 악신을 어떻게 묘사하고 있지?"

두터워지는 먹구름으로 인해 제구관은 초저녁처럼 어둑했다. 스산한 대기가 우리의 온몸을 균일하게 훑고선 장난치듯 달아났다. 뿌리를 알 수 없는 곳에서 솔향과 뒤섞인 매캐한 습기가 피어올랐다.

기척을 신경 쓰지 않는 우바리는 태연했다.

"소는 강하고 선량하지만, 집요하기도 합니다. 신도들을 가호할 때 소는 영민한 두 눈으로 악신을 구분하고 하얀 꼬리를 흔들어 쫓아냅니다. 그러나 악신으로 변하면 그 선량한 마음이 집요한 악의가 돼 신도의 사지가 뒤틀릴 때까지 발굽으로 지르밟습니다. 우교에서 악신이란 우직하고 강한 인내심으로 인간을 들이받는 소를 의미합니다."

"내 꿈에 나오는 소는 꼬리만 흔들지 다가오진 않아. 그럼 수호신인 건가?"

"저는 분류하여 해석할 뿐 판단하지 않습니다."

나는 악몽 속에서 만난 소를 떠올리려 했다. 그런데 어째서인지 꿈에서 깨어난 후에는 선명했던 형상들이 속절없이 공기 중으로 흩어졌다. 색감조차 전혀 떠오르지 않았다.

"신을 없애는 방법은 알고 있습니다."

"당장 말해줘."

"상징물을 들고 3일 밤을 연속으로 기도한 뒤, 칼로 목들에 생채기를 내면 신이 하나씩 떠나갑니……."

돌연 우바리는 빛을 잃고 종료됐다. 충전된 전력을 모두 고갈한 모양이었다. 설이 우바리의 상태를 살피고는 창고로 다시 옮겼다. 발밑에 이동용 바퀴가 있어 쉽게 밀 수 있었으나 설은 귀한 사람을 대하듯 조심스러웠다.

"충전에 며칠이 걸려. 모처럼 왔는데 아쉽네."

설은 창고 문을 닫은 후 왔을 때 걸려 있던 걸쇠를 가져와 꼼꼼히 잠갔다. 신묘하게도 우리 위를 부유하던 먹구름 또한 한꺼번에 사라지고, 다시 초겨울의 청명하고 차가운 하늘이 돌아와 숲의 천장이 됐다.

"설아, 고마워. 그래도 악신을 떨쳐내는 방법은 들었네."

"상징물이 필요하다던데, 가지고 있어?"

우리의 대화를 듣고 있던 엄마가 나지막이 입을

열었다.

"과거에 우교 교주에게서 받은 소 모양 도기가 집에 있어."

왠지 모든 것이 제자리를 찾아가는 기분이었다. 나는 엄마의 손을 잡고 이제 친구들이 죽는 일은 더 이상 일어나지 않을 것이라며 안도했다. 설은 걱정이 한층 덜어진 내 얼굴을 확인했다.

"이원아, 꿈속에 나오는 우신이 수호신이라고 믿어봐. 지금은 믿음이 필요해."

점집에서 들은 신 타령 따위는 믿지 않겠다던 나의 다짐이 설의 자상한 목소리에 뿔뿔이 흩어져버렸다. 역시 지금은 신을, 그러니까 수호신을 믿어야 하는 순간인 걸까. 등 뒤에 서 있다는 다섯의 악신이 내 어깨를 잡으려 하는 생경한 감각. 나는 소변이라도 본 것처럼 몸을 부르르 떨며 어깨를 털어냈다. 악신이든 뭐든 만약 믿음이 필요한 순간이라면 설의 말대로 수호신만 믿어야겠지.

제구관을 나와 하산하는 동안 엄마는 안심하라는 말 대신에 두 번 다시 오지 말자는 말만 되풀이했다. 나는 엄마의 등을 짓누르고 있는 사연이 무엇인지 물으려다 그녀가 겪은 종교적인 일들을 듣고 싶지 않아 입을 다물었다. 그녀의 역사를 알지 않으면 그 공포가 내게 올 일도 없을 테니까.

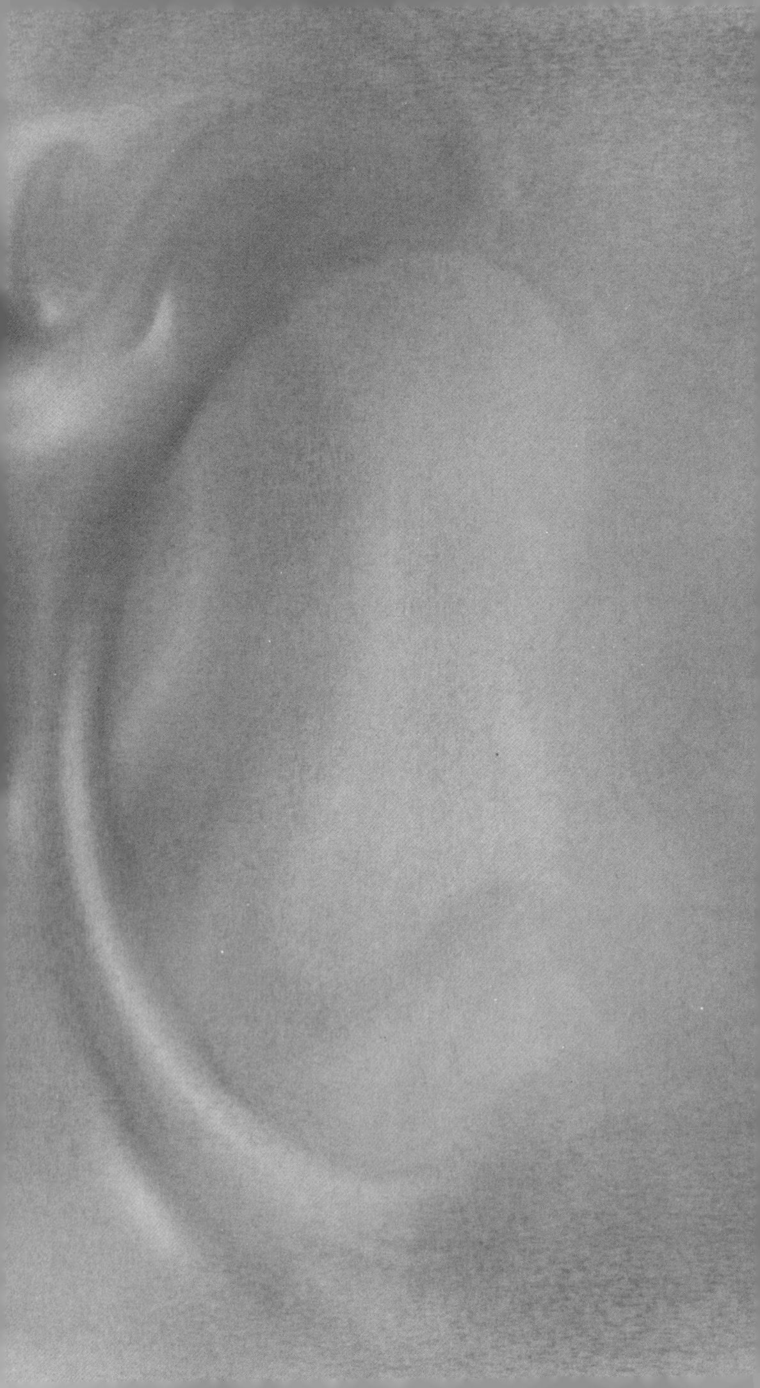

오빠와 엄마

그 후 3일.

엄마에게서 받은 손가락 크기의 소 모양 도기를 쥐고 밤마다 기도했다. 검은 소의 형상을 최대한 그려보며, 그 악신들을 끊어내게 해달라고 간절히 빌었다. 목들이라는 건 인간의 목과 양 손목과 발목 이렇게 총 다섯 개의 목을 말하는 것인데, 눈에 띄는 곳에 생채기를 내야 하는 게 꺼려져서 왼쪽 발목부터 칼로 그었다.

창문을 열어두고 피를 흘리니 냉랭한 시간의 감촉이 벌어진 살갗을 후벼 파고 기어왔다. 혈관 속을 침투해 마치 작은 세포처럼 몸 곳곳을 누비는 어떠한 기운에 깜짝 놀라 쥐고 있던 도기를 떨어뜨릴 뻔했지만, 꾹 참아냈다. 엄마는 손가락 한 마디만큼 방문을 연 채로 밖에서 나의 기도를 훔쳐봤다. 함께 기도를 올려달라고 부탁했으나 엄마는 동참하지 않았다.

"그럴 리가 없는데……."

같은 말을 반복하며 물러날 뿐이었다.

그 후로 마법처럼 소가 나오는 꿈을 꾸지 않았다. 일어나면 기억이 휘발되는 게 아니라 꿈 자체를 꾸지 않았고, 땀 한 방울 흘리지 않는 아침이 돌아왔다. 나를 짓누르던 무게감이 사라져 몸이 가뿐했다. 정말로 다섯 명의 악신 중 한 명이 사라진 게 분명했다.

전부 설 덕이었다. 설이 우바리를 알려준 덕에 유용한 답변을 얻어냈다. 뒤에 달라붙어 있는, 이제 네 명이 된 악신과 한 명의 수호신 중에 어쩌면 설은 유일한 수호신이 보내준 구원자일지도 몰랐다. 그녀도 하얗고, 선량한 소도 하야니까. 설과 나의 만남을 운명적으로 해석하고 싶다는 욕망이 자꾸만 고조됐다.

"웬 쿠키야?"

"설이 주려고요."

"내가 친하게 지내지 말라고 했잖아."

"언니가 잘못 아는 거예요. 설이 되게 좋은 애예요."

지연은 설에게 주기 위해 직접 쿠키까지 구워 온 나를 보고는 치를 떨었다.

"너 말고 우리 동아리에서 이제 걔랑 친하게 지내는 애 없어. 태석이랑도 며칠 전에 심하게 싸웠대. 태석이가 동아리원 명부 관리 때문에 뭘 보여달라고 했다던데 한사코 거절했다더라."

"그게 왜요?"

"왜라니, 걔 이상하다니까? 같은 과 1학년도 수업에서 본 적이 없다고 했잖아. 그게 말이 돼?"

"전과생이잖아요. 모자를 자주 쓰고 다니니 얼굴도 다 몰랐겠죠."

"너 왜 언니 말은 안 믿고 걔 말만 믿어?"

지연은 자기 말을 들어주지 않자 편가르기식의 유치한 항변을 이어갔다. 지연에게 설이 내게 준 도움을 일일이 설명할 노력까지 투자하고 싶지는 않았다. 믿지 않을 말을 해봤자 피곤한 되물음만 돌아오리란 건 불 보듯 뻔했다. 침묵으로 대화에 일관함으로써 설을 멋대로 모욕하지 말라는 태도를 관철했다.

나는 수업이 끝나자마자 약속한 장소로 가 설을

기다렸다.

"뭐야?"

"너 주려고. 완전 잘 구워졌지롱."

쿠키를 받은 설은 웃지 않았다.

"부담스러워."

"응?"

"부담스럽다고."

설은 싫은 아이에게 고백 공격이라도 받은 양 구겨진 얼굴로 쿠키 박스를 들고는 쌩하니 돌아가버렸다. 주말에 같이 영화를 보러 가자든가 예쁜 카페를 가자든가 하는, 내 쪽에서 준비한 말들은 거절당할 호사도 누리지 못하고 삼켜졌다.

하지만 그 후에 설은 인스타그램에 내가 준 쿠키 사진을 찍어 올렸다. 부담스럽다고 할 때는 언제고 "처음 받아본 선물"이라는 진짜 부담스러운 글귀까지 함께 적어서 말이다.

'뭐야, 얘? 부끄러웠던 건가…….'

가까이하려 해도 가까워질 수 없는 아이라 생각하며, 설과 나 사이에 아직 흐려지지 않은 어떠한 경계선을 선명히 자각했다. 그 선까지도 신처럼 고결하다 느껴져 나는 피식 웃음이 났다. 어찌 됐든 개인 계정에 인증 사진을 올렸다는 건 그녀도 나의 선물이 마음에 들었다는 뜻일 테니.

적당한 밀당은 호기심을 자극하는 데 나쁘지 않았다. 불과 며칠 전까지만 해도 그 모습에 불안해했던 주제에 나는 이제 설이 제법 앙큼한 면이 있다고 여기며, 부담스럽다는 말이 진심이 아니라는 점만으로도 충분히 기분이 좋았다.

*

또 3일.

이번에는 오른쪽 발목을 그었다. 의식을 치를 때마다 몸에 생채기가 나는 건 싫었지만 피가 소 도기에 닿는 순간부터 등이 홀가분해지는 해방감을 경험했다. 다섯의 악신 중 둘을 떠나보냈으니 이제 셋이 남았겠지. 나는 곧 악신과 영원히 이별할 거다. 도구가 있고, 전략까지 다 알고 있으니 시간문제라는 생각뿐 두려움은 느껴지지 않았다.

오빠는 토요일 아침부터 손목 통증을 호소했다.

일전에 아빠를 말리느라 다친 부위였다. 며칠이나 지났는데 갑자기 후유증이 찾아온 건지 오빠는 휴대폰 하나 드는 것조차 버거워했다. 엄마는 오늘 약속이 있어 오빠와 병원에 갈 수 없었고, 결국 집에서 하는 일 없이 누워 있던 내가 오빠를 데리고 병원에 가야 했다.

“스물일곱 살이나 먹고 여동생이랑 병원에 가다니 창피한 줄 알아.”

“내가 너 구해주려다 다친 건데 말 예쁘게 안 하냐?”

“여친한테 차여버려.”

“하하, 없어서 차일 수가 없는데? 날 차버릴 만한 대단한 여자 좀 소개해주라. 음, 근데 네 친구면 다 너같이 생겼겠다. 취소.”

“뒤질래?”

“손목이 아작 났어도 너랑 싸우면 내가 이긴다에 어제 먹다 남긴 닭꼬치를 건다.”

손목 외 사지가 멀쩡한 이 남자는 병원에 가는 와중에도 시비를 걸었다. 대부분의 남매가 그러하듯 나 역시 속으로는 오빠를 걱정하고 있음에도 겉으로는 호적메이트 정도로 취급하는 중이기에 살가운 말은 하지 못했다.

나는 오빠에게 두터운 믿음을 갖고 있었다. 매사에 툴툴거리긴 해도 아빠에게 혼날 때마다 늘 나와 엄마를 구하는 건 오빠뿐이었다. 오빠는 단 한 번도 우리를 원망한 적이 없었다. 나는 오빠를 위해 육체를 희생하진 못했지만, 주로 돈이나 먹을 것으로 남매의 정을 표현했다.

"냉장고에 있던 비타민 음료 내가 먹었다, 쏘리. 그리고 이번에 구운 쿠키 맛있더라."

"친구들한테 동생이 구운 쿠키라고 자랑 좀 했어?"

"다 여친이 줬냐고 물어봐서 기분 더러웠어."

"또 구워야겠다."

"나 주고 남은 건 누구 줬냐? 설마 네가 연애할 리는 없고."

"정확히 말하자면 친구 주려고 굽다가 남은 걸 오빠한테 준 거야."

"친구 누구? 남자?"

"여자."

"보여줘."

오빠는 장난 반 진심 반으로 내 옆구리를 쿡쿡 쑤

시면서 사진을 보여달라 졸랐다. 마침 휴대폰 갤러리에 정기 모임 때 찍은 단체 사진이 있었다. 나는 그 사진을 확대해 보여줬다. 이제 동아리 모임 같은 건 할 수 없겠지, 라는 생각에 울적한 마음이 드는 건 어쩔 수 없었다.

동생의 서운한 얼굴 따위는 알 리가 없는 이 남자는 내가 손가락으로 가리키는 곳의 여자를 한참 바라보았다. 혹시 엄마처럼 오빠도 설을 낯익어하는 건 아닐지 찰나의 기우가 머리를 스친 그때.

"야."

"왜?"

"소개해주라."

오빠는 오빠답게 헛소리를 했다.

"내 친구들은 다 나같이 생겼을 거라며?"

"내가 너무 건방졌네, 미안."

"설이가 아까워."

"에휴, 삼촌도 과분한 이모랑 재혼한다던데 나는 연애도 못 하고."

오빠는 머리를 감지 못해 이마가 가렵다며 내게 긁어달라 부탁했고 나는 구역질하는 시늉을 하며 대신 긁어주었다. 정형외과에는 토요일 진료를 위해 대기 중인 사람이 많았다. 우리는 늦게 도착한 편이라 한참 동안 말장난으로 시시덕거리며 기다려야 했다.

그러던 중에 멀리서 어떤 노인의 시선이 느껴졌다. 처음에는 우연히 눈이 마주치는 건가 싶었는데 반복적으로 힐끔거리며 나와 오빠를 살폈다. 둔한 오빠까지 시선을 느낄 정도가 되자 우리 또한 티가 날 정도로 노인을 응시했다. 그러자 노인은 기어코 구부정한 허리를 일으켜 우리 쪽으로 오고야 말았다.

"일한이 아니야? 박일한."

노인이 오빠의 이름을 정확히 말했다. 하지만 우리 중에 상대가 누군지 정답을 아는 사람은 없었다. 나는 손목을 다친 오빠를 대신해서 대화에 응했다.

"누구세요?"

"얘 엄마를 아는 사람. 근데 넌 누구니?"

"동생이요."

"오호라, 여동생이 있었구나? 근데 어떻게 둘 다 살아 있담."

노인이 오빠를 손가락으로 가리키며 기분 나쁘게 이죽거렸다. 금니가 보일 정도로 입을 시원히 찢는 꺼림칙한 표정만큼이나 하는 말도 영 불쾌했다. 나는 혹시 몰라 팔로 오빠를 방어하며 매섭게 되받아쳤다.

“이상한 소리 할 거면 가세요.”

“둘째가 당차네. 흐흐흐.”

“악담하러 오신 거예요?”

“아니, 나도 허리 아파서 병원에 온 건데 너희를 운명처럼 마주한 거지.”

오빠는 점점 더 높아지려는 내 언성을 저지하며 그냥 무시하라 타일렀다. 나는 이런 무례함을 보고 가만히 있을 여자가 아니었다.

“저희는 할머니가 누군지 모르니까 자리로 돌아가세요.”

“소를 믿는 여자한테서 나온 게 뭔 호랑이 새끼 같아. 으하하.”

노인이 눈알을 재빠르게 굴려 우리 둘을 담는 모습이 여간 불편한 게 아니었다. 웬만하면 예의를 지키려고 했던 오빠마저도 얼굴이 일그러졌다. 한 소리 더 하려던 찰나에 노인이 몸을 틀어 돌아갈 채비를 했다.

“너희 엄마에게 술을 판 건 미안하게 생각하고 있어. 하지만 그 덕에 나는 호사를 누렸으니 고맙다고 전해주렴.”

간호사에게 호명된 노인은 즉시 진료실로 들어갔다. 나는 진료실 문을 빤히 바라보며 별 이상한 사람 다 있다고 궁시렁거렸는데, 오빠와 엄마를 알고 있다는 점이 덜 씹고 삼킨 음식물처럼 가슴에 들어앉았다.

술을 팔았다는 건 또 무슨 얘기인가?

그 후 진료를 마친 오빠는 손목에 경미한 골절이 생겼다는 진단을 받았다. 심하지는 않아 당일 처치로 깁스를 했고 오빠가 챙겨야 할 잔짐은 전부 내 몫이 됐다.

“아까 그 할머니, 너 태어나기 전에 언뜻 본 적 있는 것 같아.”

“그래? 혹시 우교라는 종교랑 관련 있어?”

“네가 우교를 어떻게 알아?”

“엄마가 우교 신자였다는 걸 최근에 들었어.”

내게 말한 적 없지만 오빠도 엄마의 종교에 관해 어렴풋이 알고 있었다며, 금기를 말하듯 운을 뗐다.

일곱 살 때의 일이라 기억이 흐릿하다고 했으나 분명한 건 엄마는 아빠의 등쌀을 피하고자 종교 활동을 잠깐 했었다. 그때 오빠는 엄마와 함께 어떤 술을 사기 위해 장터에 간 적이 있었는데, 어린 오빠에게는 그곳의 풍경이 생전 처음 보는 별천지여서 기억이 파편처럼 드문드문 남아 있다고 했다. 노인의 젊었을 시절 얼굴 역시 그 이미지 속에 있는 것 같다며.

"엄마한테 무슨 일이 있었는지는 모르겠지만, 나도 가끔 소가 나오는 악몽을 꿔. 입으로 꺼내면 안 될 것 같아서 말을 하진 못했어. 아무튼 엄마는 너를 낳은 후에 종교 활동을 그만둔 게 맞아. 아빠가 엄청 싫어했거든. 그래서 이사도 간 거고."

"아빠가 또 뭔 짓거리를 한 거야?"

"엄마에게 문제가 있는 걸지도 몰라. 아빠한테 들었는데……."

"뭘?"

"예전부터 엄마한테…… 바람기가 있었대."

"아빠가 그래?"

"아빠도 엄마를 사랑해서 결혼한 건데 계속 문제가 생기는 걸 보면 쌍방 과실이지 않겠어? 난 이성적으로 생각하고 싶어."

"이성적이 아니라 지금 아빠 편을 들고 있는데?"

"아빠는 늘 말했어. 자기를 이렇게 만든 건 엄마라고. 아빠도 엄마도 우리를 낳아준 사람이니 누굴 더 원망하거나 편애하긴 힘들어."

오빠는 말해놓고도 엄마에게 미안했는지 손을 휘휘 저으며 못 할 말을 했다고 후회했다. 나는 깁스를 한 오빠의 손목을 주먹으로 확 내리치려다 말았다.

내가 태어나기 전 엄마와 아빠 사이에 퀴퀴한 사건이 존재했을 수도 있지만, 그렇다고 현재 아빠의 행동 중에 납득할 수 있는 건 단 하나도 없었다. 폭력은 가타부타 이유를 붙여봤자 폭력. 감정을 제대로 표현할 줄 모르는 패자들이나 일삼는 하찮은 짓이다.

"어쨌든 아빠에게 그런 말을 들었다고 내가 엄마를 미워하는 건 아니야. 나중에 심심할 때 안방에서 육아 일지 한번 찾아봐. 얼마나 널 힘들게 낳으셨는지 다 적혀 있어. 엄마도 엄마 나름 고난이 있었겠지."

"갑자기 철든 척은."

"너도 철 좀 들어라."

오빠는 오랜만에 진솔한 이야기를 꺼낸 게 민망했는지 나를 쳐다보지 않고 앞만 보며 걸었다.

부부는 비슷한 사람끼리 만나는 게 아니라 서로를 물들인다는 말처럼, 아빠를 닮아 엄마도 나에게는 조금 갑갑한 사람이었다. 색을 한곳에 섞으면 결국은 탁해진다. 아빠의 단점들이 사는 동안 엄마에게 모두 스며버렸으므로 엄마는 속 안의 것을 잘 표현하기보다는 함구라는 엉뚱한 선택을 일삼는 탁한 사람이 됐다.

하지만 오빠의 말을 나 또한 지지했다. 엄마도 오빠도, 나까지도. 우리는 서로를 사랑하고 있다. 이 치열한 애증과 불신이야말로 서로를 너무나 사랑한다는, 그래서 버티며 사느라 미워하게 됐다는 증명이었다.

가족이란 참 지겨운 것. 질기고, 거칠고, 끈적하고, 가여워. 그 모든 수식어를 사랑이 독점하는 꼴도 정말 우습다. 이러나저러나 나는 서로 원망하느라 지쳐버린 우리들의 회복을 원했다.

그것만큼은 바뀌지 않았다.

*

아빠는 육회에 소주를 곁들여 먹다가 갑자기 엄마의 뺨을 부여잡고 소를 먹으라 윽박질렀다. 엄마는 육회가 행여나 혀끝에 닿을까 봐 기겁하면서 손을 뿌리쳤는데, 그 거절이 아빠의 화를 더 돋우었다.

"넌 늘 남의 말만 듣고 사느라 내 말은 하나도 들어주질 않았어."

“놓고 말해요, 좀.”

“소를 먹지 말라는 말은 평생을 믿고 살면서 내 말은 들은 척도 하지 않아.”

“제발 치우라고요.”

“먹어, 소를 먹으란 말이야. 네가 나를 생각하고 사랑한단 걸 보여.”

엄마는 참다 못해 아빠가 먹고 있던 육회 접시를 통째로 들어 바닥에 던졌다. 엄마가 저렇게 화를 낸 건 처음이었다. 아빠는 절망에 닿은 표정이 되었다.

“마트 남자랑 정분난 거 맞지? 맞잖아.”

엄마가 억울함에 못 이겨 발을 동동 구르더니 제발 그만하라 괴성을 질렀다. 손목을 다친 오빠를 대신해 이번 방패막 차례는 꼼짝없이 내가 되리라는 불안이 나를 움찔거리게 만들었다. 아빠는 웬일인지 무력하게 어깨를 축 늘어뜨리고는 웅얼거렸다.

“전부 다 네 탓이야.”

그러고는 외투를 챙겨 집을 나가버렸다. 엄마는 고요가 내려앉은 후에야 흰 장갑을 끼고 육회를 쓰레기 봉투에 쓸어 담아 모조리 버렸다.

이런 꼴을 본 밤이면 마음이 어지러워 갖가지 생

각에 침식돼버렸다. 결국 기도 의식을 치르지 못하고 소도기를 꼭 쥔 채로 침대에 누워 잠에 빠졌다.

꿈속은 검은 천으로 사방을 빙 둘러놓은 듯 온통 까맸다. 저 멀리 점처럼 빛나는 무언가가 보여서 발걸음을 멈추지 않고 걸었다. 또 소가 나올까 싶었는데 소의 형상은 아니었다.

우바리였다.

빨간 승려복에 자석처럼 몸이 이끌렸다. 우리는 반갑다는 인사도 없이 눈을 맞추었다.

“네가 나의 수호신이야?”

우바리는 대답하지 않았다.

“아니면 악신?”

그 또한 대답하지 않았다.

머릿속에 붉은 천을 벗겨보라는 진언이 텔레파시처럼 입력됐다. 나는 조심스럽게 우바리의 얼굴을 가리고 있는 천을 한 겹씩 벗겼다.

한 겹, 내가 그동안 기도를 올려 악신 둘을 떼어냈을 때.

두 겹, 왜 그들은 저항하지 않고 가만히 있었나.

세 겹, 아빠가 말한 머리가 둘 달린 악신은 무엇

인가.

네 겹, 믿어야 하는 게 무엇이고 믿지 말아야 하는 것은 무엇인가.

천을 모두 벗기자 죽은 경우와 은호를 역겹게 섞어놓은 괴생명체의 안면이 꿈틀거렸다. 호흡이 멎는 공포를 느끼는 일 외에 내가 할 수 있는 건 없었다. 그러다 기묘하게 뒤틀린 얼굴이 점점 다가오더니 처음 보는 여자아이의 얼굴로 변했다. 그 두 눈에서 새까만 먹물이 미친 듯이 쏟아졌다.

"다 너 때문이야."

그대로 비명을 지르며 꿈에서 깼다. 등과 엉덩이가 땀으로 흠뻑 젖었다. 여태껏 꿨던 악몽과는 비교가 되지 않았다. 반쯤 깨서 멍하니 어제와 똑같은 천장만 응시하는데, 거실에서 어제는 들리지 않던 둔탁한 소리가 반복적으로 들렸다. 나는 더 이상 비몽사몽이 아닌, 완전히 정신이 멀쩡해진 각성 상태가 됐다.

늦게 들어온 아빠가 TV를 켜고 잠든 모양이었다. 건조한 얼굴을 손으로 비빈 후 문고리를 잡고 천천히 밀었다. 문과 문틀 사이의 거리가 넓어질수록 내 눈에 담기는 익숙한 거실 풍경이 확장됐다.

눈에 들어온 건 생전 처음 보는 광경이었다.

"오빠?"

나의 혈육이 소처럼 네발로 서서 TV에 반복적으로 머리를 찧고 있었다. 피가 흐르다 못해 고일 정도로 이마가 움푹 팬 오빠의 눈은 생기를 모두 잃은 죽은 소의 눈깔 같았다. 그 까만 원이 금방이라도 팽창하여 피를 쏟고 터져버릴 거란 공포가 솟구쳤다. 노이즈가 낀 화면 너머에는 음산한 초원이 펼쳐져 있었다. 오빠의 혼 빠진 눈알이 나를 향해 굴렀다.

나는 그대로 주저앉았다.

*

병원에 입원한 오빠는 며칠 동안 의식이 없었다. 의사는 평소 오빠에게 기저질환이 있었냐 물었지만, 우리 가족이 아는 한 오빠에게는 어떤 문제도 없었다.

"소들이랑 뛰어노는 꿈을 꿨어."

깨어난 오빠가 가장 처음 한 말이었다. 오빠는 본인이 한 기이한 행위는 전혀 기억하지 못했고 단지 이마가 가려워서 긁었다고만 말했다. 이마의 양쪽에서 뿔 같은 게 솟아나려는 듯 간지러움이 반복돼 참을 수가 없었다며.

그날 밤 내가 본 오빠는 머리를 긁고 있지 않았다. 대신 네발로 걸으며 TV에 미친 듯이 이마를 찧었다. 붉은 천을 보고 흥분한 소가 투우사에게 돌진하는 것처럼. 나의 말이 맞다는 증거로 나는 오빠에게 거울을 쥐여준 뒤 패일 정도로 까져버린 이마 상처를 보여줬지만 오빠는 기억하지 못했다.

이건 정말 이상했다. 나를 사랑하는 사람들이 모두 죽거나 다쳤다. 나를 아껴주고, 위해주고, 좋아한다고 말하는 사람들이 피눈물을 흘리며 저주받는 모습을 나는 바라보아야만 했다. 그들을 위해 해줄 수 있는 게 아무것도 없었다. 아니, 뭔가를 했다고 믿었는데 문제가 전혀 해결되지 않았다.

이상했다. 정말로 너무 이상했다.

엄마는 오빠의 이야기를 듣자 곧 당도할 저주를 미리 보기라도 한 사람처럼 떨었다. 사시나무가 된 엄마의 두 팔은 내가 잡아줘도 떨림이 멎지 않았다.

"이원아, 거기를 간 것부터가 내가 또 죄를 지은 거야. 가지 말았어야 했어."

"제구관이 왜?"

"아무리 생각해도 거기는 제구관이 아니야. 거기는…… 거기는……."

"속 시원하게 말해줘."

엄마는 다그치려는 나의 어깨를 세게 붙들었다. 그녀의 눈동자만큼은 어떤 떨림도 없이 강직해서 다른 사람의 것 같았다.

"신이라는 건 믿지 않으면 보이지 않지만 믿으면 보인다. 그러니까 너는 궁금해하지를 말아."

엄마는 진실에 다가가려는 나의 물음을 막았다. 안전을 위해 앞으로 어떤 것도 묻지 말고 알려고 하지도 말라 경고했다. 나쁜 신도, 신을 믿지 않아 의심조차 하지 못하는 자의 인생에는 당도할 수 없으니 수호신이든 악신이든 평생 모르고 살아야 안전하다는 게 이유였다. 과거 우교에서 겪은 일을 줄곧 함구한 이유 또한 엄마 혼자서만 뭔가와 싸우겠다는 의지였을까.

알지 못하는 것은 언제나 미지의 호기심과 두려움을 선사한다. 아무것도 모르는 채로 안전함을 느끼는 건 불가능하다. 대상이 무엇인지 파악하고, 한 수 앞까지 내다보아 미리 대응할 때 인간은 완전한 안전을 느낀

다. 우리는 두려운 요소를 없애기 위해 몰라도 되는 것까지 알아내겠다는 지독한 탐구욕을 가진 존재가 아니던가.

오빠까지 죽기 전에 모든 걸 바로잡아야 했다. 내게 도움을 줄 수 있는 사람은 오직 설뿐이었다. 제구관이 어떤 곳이든 간에 의식을 알려준 우바리는 거기에 있었다.

병실에서 빠져나와 병원의 복도 끝에서 몰래 설에게 연락했다. 엄마가 듣지 못할 안전한 거리였다. 통화 연결음이 세 번 울리기 전에 설은 전화를 받았다. 나는 설에게 그날 이후 의식을 두 번이나 치렀음에도 오빠에게 끔찍한 일이 생겼음을 알렸다.

"너한테 오빠가 있었어?"

순간 나는 병실에서 머리를 내밀어 불안하게 나를 바라보는 엄마와 눈이 마주쳤다. 뭔가 잘못됐다는 직감이 스쳤으나 그게 무엇인지 아직 알 수 없었다.

*

엄마에겐 오랜만에 동아리 사람들을 만난다고

했다. 중요한 운영 회의니 빠져서는 안 된다는 거짓말로 걱정을 무마시켰다.

설이 서울역에서 나를 만나자마자 따뜻하게 안아주며 오빠의 일을 위로했다. 진심으로 돕고 싶다며 그녀는 내 몫의 KTX 표까지 모두 끊어주었다.

나는 설의 품에 안겨 있으면서도 곁눈질로 그녀의 옆통수를 바라보았다. 분명 내게 오빠가 있었냐 차갑게 묻던 음성도 그녀의 것이 확실했다. 설은 모든 게 순탄하게 풀리길 바란다며 빵과 음료까지 사주었지만, 나는 식욕이 전혀 생기지 않아 한 입도 먹지 않았다. 우리는 열차에 탑승하여 짐을 풀었다.

“이원아, 네가 한 얘기 들었어.”

“무슨 얘기?”

“지연이 언니가 날 의심할 때 내 편을 들어줬다는 거.”

설이 통화할 때보다 한층 누그러진 음색으로 고마움을 표현하더니 입을 작게 오물거리며 빵을 베어 먹었다. 그 모습이 왠지 어린아이처럼 순수하게 느껴졌다. 그런 설에게 이제는 네가 좀 이상해 보인다는 말만큼은 하고 싶지 않았다. 여전히 설을 보면 혼자 두고 싶지 않다는 특별한 무언가가 느껴졌고 이 아이는 나의 눈길을 놓아주지 않았다. 그녀를 처음 만났을 때 인지했던, 나를 당기는 위태로운 감정만큼은 조금도 흐려지지 않았다. 이제야 은호와 경우가 나를 좋아했던 이유가 조금은 공감이 됐다.

설이 귀인이라고 믿자. 동아리에서 나와 얽힌 사람이 둘이나 죽었는데 설만큼은 나를 떠나지 않았다. 게다가 남에게 쉽사리 털어놓기 어려운 일까지 함께 들어주고 도움을 줬다. 만약 설이 없었더라면 나는 악신 둘을 퇴치하지 못했을 것이다.

엄마가 내게 한 경고를 거꾸로 생각해보자. 믿으면 보인다는 말은, 믿었을 때 비로소 내 곁을 맴도는 존재가 '신'이 된다는 뜻이다. 만약 나에게 셋의 악신과 하나의 수호신이 여전히 남아 있다면, 그 하나뿐인 수호신의 도움을 받기 위해서 나는 신과 그 신이 이어준 인연을 믿어야만 했다. 꿈속의 흰 소를 잊지 말아야 했다. 그래, 지금은 의심하지 말아야 할 때다.

믿음이 조금씩 변화하고 있었다.

"설아, 너는 남들과 다르니까 주변 사람이 뭐라고 하든 난 신경 안 써."

나는 설의 손을 잡아주었다.

"내가 특이한가?"

"아니, 특별해."

"똑같은 말 아냐?"

"달라."

"어떻게 달라?"

"나는 네가 좋다는 의미야."

창가 쪽에 앉은 설의 머리 뒤로 부산을 향해 달려가는 무성한 초록들이 지나갔다. 어지럽게 뒤섞이는 색감 속에서 설의 세상이 동그랗게 커졌다.

*

남들은 바다를 보려고 부산을 찾는데 나는 사람들 목숨을 구하려고 당일치기로 또 부산에 왔다는 점이 황당하여 실소가 나왔다. 내가 공허하게 히죽거리니 설도 그 모습이 웃겼는지 우리는 한동안 대화 없이 웃음만 나눴다. 별꼴이었다.

설은 지난번처럼 창고를 열어 우바리를 작동시켰다. 오늘은 먹구름이 주변에 조금도 없는지 해가 밝아

먼발치의 산까지 모두 보였다. 나는 평상에 앉아 우바리를 기다렸다.

"신도들이여, 돌아오셨습니까."

우바리가 깨어나자 설은 가방에서 생수를 꺼내 건네주었다. 갈증이 나지 않아 마시진 않았지만, 긴장감을 해소하기 위한 용도로 꼭 쥐고 있기는 좋았다.

"난 얼마 전에 너와 대화를 한 적이 있어. 기억해?"

"기억합니다."

"그럼 부연 설명은 안 할게. 네가 알려준 대로 의식을 치렀는데 계속 나쁜 일이 생겨."

"혹시 여러 목 중에 어떤 목을 그었나요?"

천에 둘러싸인 우바리의 머리 부분이 오른쪽으로 살짝 꺾였다. 상대에게 호기심을 보이는 몸짓이었다.

"오른쪽과 왼쪽 발목."

"발목은 가장 아래에 있는 목으로 약한 신들을 끊어내는 부위입니다."

"손목과 목을 그어야 센 신을 몰아낸단 뜻이네."

"그렇습니다. 하지만 약한 신이라도 신은 신. 당신의 의식은 효과가 있었습니다."

만약 다섯 명의 악신 중 내가 가장 약한 둘을 끊

어냈다면 이제 남은 셋은 제법 강한 녀석들일 게 분명했다. 경우, 은호와 달리 나와 가까운 가족에게까지 악영향을 미친 점도 이해가 되는 부분이었다.

가정과 일상의 평화를 위해 서둘러 끊어내야 했다. 그러나 차례대로 끊어내려면 총 아홉 밤이 필요한데 그동안 나쁜 일이 멈추리란 보장은 없었다.

"있잖아, 신이라는 건 믿지 않으면 보이지 않는다고 들었어. 혹시 내가 수호신만 믿고 악신은 믿지 않으면 악신의 영향을 없앨 수 있어?"

"불가능합니다. 당신은 신을 구분하지 못하기 때문입니다."

"너는 가능해?"

"AI는 선악 구분을 발설하지 않도록 설계됐습니다. 즉, 신을 구분해도 알려줄 수 없습니다."

들어본 적이 있다. 선과 악은 절대적이지 않고 인간들이 만들어 낸 도덕과 윤리, 사회적 규율에 따라 시시각각 바뀌는 균형점이라는 말을. 인공지능은 이론적으로 선악을 구별할 수 있지만 선언하지 않도록 설정돼 있다. 그들이 선악을 선언하는 순간, 인간이 만든 균형점을 파괴하거나 절대적인 지침으로 자리 잡을 위험성이 존재했다.

그러나 웃기지 않은가. 함구란 앎을 바탕에 두고 있으나 결국은 무지의 외피를 뒤집어쓰는 일이다. 알면서도 모르는 척 입을 다무는 존재들은 언제나 불순하다. 그 결여된 진솔함은 그들을 정의롭지 못하게 하고 후퇴시킨다. 그들은 위험을 회피하고 싶은 비겁자일 뿐이고 인간이 만든 AI 역시 이러한 이성적 태도를 선택함으로써 비겁함에서 자유롭지 못하다. 결국 객관을 위해 선악을 판단하지 않겠다는 AI야 말로 객관적으로 부도덕한 게 된다.

"무엇이 선하고 악한지 구분해줄 수 없다면 넌 아무짝에도 쓸모없는 거 아니야? 선악을 판단하는 일은 종교에서 무엇보다 중요한 일인데 그걸 못 한다는 거잖아."

"오직 인간만이 선악을 구별하므로 자연에서는 쓸모없는 고집입니다."

"너는 인간과 소통하는 존재인데, 그 말이 너를 깡통 고철로 만드네."

설이 우바리에게 너무 심한 말을 하지 말라며 나의 발언을 질책했다. 사람이 아닌 것의 편을 들어주는 설이 못마땅했으나, 우바리는 그런 나의 얼굴을 보고도 감정적으로 대응하지 않았다. 당연한 일이었다.

"대신 조언을 드릴 수는 있습니다."

"조언?"

우바리의 머리 부분에서 강한 빛이 새어 나왔다. 붉은 천을 바라보고 있자니 존재한 적도 없는 오래된 기억 속으로 빨려 들어가는 듯한 아득함을 느꼈다.

"생명체에게는 귀소 본능이 있으므로 우교 신자들은 떠났어도 반드시 처음으로 되돌아옵니다. 돌아오는 이의 손을 잡는 건 동료이지만 달아나는 이를 잡는 건 형벌자입니다. 만약 되돌아올 신도가 정정당당하다면, 그 신도에게 찾아갔던 신은 수호신이며 그렇지 않다면 악신이겠지요. 신도가 겪을 행운과 불운은 그 신도가 결정한다는 뜻입니다."

"내가 겪은 일이 내 잘못이라고?"

"사람에게는 누구나 원죄가 있습니다. 어떤 불운이든 나름의 이유는 붙일 수 있습니다. 인간이 태어날 때부터 수호신과 악신의 손을 모두 잡는 이유는, 누구도 선과 악에서 자유롭지 못하기 때문입니다. 이것은 당신과 나의 차이점이기도 합니다."

"나는 아무런 죄가 없어!"

그때 거센 바람이 불었다. 나무의 노쇠한 잎들이 빗방울처럼 낙하해 내려앉았다. 풀에서도 흙냄새가 났다.

뒤로 보이는 풍경은 더 이상 내가 알던 것이 아니었다. 붉고 푸른 풀들이. 검고 하얀 나무들이. 꽉 차고 텅 빈 하늘이. 따뜻하고 차가운 숨들이. 잎맥처럼 뻗어가는 몸 안의 곡선과 직선들이. 눅눅하고 건조한 것이. 끈적하고 뚝 떨어지는 것이. 외치는 것과 들리지 않는 것이. 잘못한 것과 잘못 없는 것이. 결국은 내 것도 네 것도 아닌 것들이 가득했다.

"귀소의 저주와 자유는 당신의 몫이 아니라 낳아준 자의 몫일 수도 있습니다."

설이 그 말을 듣고 내 귀에 속삭였다. 우교 신자였던 엄마로부터 대를 이어 내려오는 저주가 있는 게 확실하다고. 제구관 땅 위에서 잠을 자는 검은 돌들이 모조리 점집에서 본 검은 쌀로 보였다. 사방에 나쁜 기운이 가득한 가운데 설의 얇은 손목만 하얗게 빛났다.

나는 엄마를 상상하며, 속에서 들끓듯이 치솟는 부아를 느꼈다.

*

오빠는 상태가 좋아졌다가 나빠지기를 반복했다. 혼자서 라면을 세 개까지 끓여 먹을 정도로 건강했던 스물일곱의 남자가 갑자기 몸이 쪼그라들어서는 밤새 발작을 일으키거나 과호흡에 시달렸다. 어김없이 이상한 형상을 봤다는 말을 반복하면서.

검진 결과에는 아무런 이상이 없었다. 육신은 익히 알고 있던 오빠 그 자체였다. 정상의 궤를 이탈한 건 오빠의 몸이 아니라는 뜻이었다.

"내가 준 도기 당장 내놔."

"안 돼, 오늘 밤에도 기도를 해야 세 번째 3일이 완성돼."

"너 앞으로 그거 하지 마. 그 AI가 알려준 대로 하면 안 될 것 같아. 위치도 영 찝찝하고. 설마 또 다녀온 건 아니지?"

"안 갔어."

"이원아, 여자애는 처신을 잘해야 해, 처신을."

"그 얘기 좀 그만해!"

의식을 치르려고 하면 엄마는 내 방에 멋대로 들

어와 매일 밤 방해했다. 심지어는 도기를 뺏으려는 탓에 몸싸움을 치르기까지 했다. 그녀가 단잠에 의식을 빼앗긴 깊은 밤에야 기도를 올렸는데 뒤를 돌아보면 어김없이 방문을 열고 나를 지켜봤다. 그런 밤이 두 번이나 지나갔다.

"내가 말했잖아. 믿으려 하지도 말고 궁금해하지도 말라고."

"엄마는 오빠가 어떻게 돼도 상관없어? 나한테 붙어 있는 악신이 무섭지도 않아?"

"안 되겠어. 너까지 미치기 전에……."

"나는 말짱해! 이 집안에서 나만 말짱한 거 같아. 그래서 미치겠다고!"

내게 달려드는 엄마에게서 커다란 암소를 보았다. 엄마의 이마에 올록볼록하게 솟아난 뾰루지가 뿔처럼 보였고, 엄마가 내뿜는 희뿌연 콧김이 소의 것 같아 끔찍했다.

나는 엄마의 두 손목을 세게 쥐었다.

"엄마 예전에 무슨 짓을 하고 다닌 거야?"

"너까지 나를 의심하니?"

"의심 안 할 테니까 솔직하게 다 말해줘."

"이원아, 말하지 않는 것이야말로 최고로 처신을 잘하는 일이야."

나는 미쳐버리기 직전이었다. 엄마는 자꾸만 무언가를 감추려 했고, 그로 인해 나는 엄마의 바람과는 완전히 반대로 증폭하는 호기심과 두려움을 감내해야만 했다.

신은 믿지 않으면 보이지 않는다. 그러나 보지 말자고 생각하는 순간 너무나 보고 싶어진다. 베일은 감추기 위해 존재하는 것일까, 벗기기 위해 존재하는 것일까. 신에게서 멀어지라는 말을 들을수록 머릿속에는 더욱더 우신에 대한 알 수 없는 미지의 감정이 꽉 들어찼고, 그 열망에 새겨진 균열만큼 엄마를 의심하게 됐다. 엄마가 감추는 모든 것이 수상쩍어 견딜 수가 없어졌고 그 의심은 결국 악신이 내 뒤에 있다는 불안의 제물이 됐다. 이 불안은 믿음의 이면이었다. 확실했다. 어느새 나는 우신의 존재를 강렬히 믿고 있었다. 다만 아직 꿈속의 소가 악신인지 수호신인지 헷갈릴 뿐이었다.

이건 문을 여는 행위였다. 익히 알던 세계와 그 밖의 모든 것을 연결하는 문을. 한번 열면 돌이킬 수 없지만 대신 나는 새로운 이야기를 시작할 수 있다. 앞으로 나아가지 않더라도 열린 문 너머의 새로운 풍경을 마음에 담으며 낯선 경험을 탐닉할 수 있게 된다. 그러나 그것이 내 삶에 도움이 되리라는 보증은 없다. 믿음은 열린 문. 위험과 기회를 모조리 수락하는 일률적인 선택. 그 뒤에 수반된 불안과 책무 역시 일률적인 결과.

답답함에 집을 뛰쳐나와 설에게 전화를 걸었다.

"설, 나 하루만 재워줄 수 있을까?"

구구절절한 상황 설명 없이 나를 당장 받아줄 사람은 설뿐이었다. 이참에 설과 못다 한 이야기도 나누고, 그녀의 지난날에 대해서도 알고 싶었다. 엄마에 대한 불안이 커져갈수록 그것의 반작용으로 설에게 기대고 싶은 마음이 커졌다. 설을 향한 인간적인 호의는 어느 순간 그 빛을 달리했다.

설은 뜻밖에도 부탁을 거절했다.

"오늘은 안 돼."

"엄마 때문에 의식을 치를 수 없어서 그래. 오빠도 상태가 좋지 않고……. 정말 악신이 코앞에 온 느낌이라 견딜 수가 없어."

"처음부터 오빠가 있었단 말을 했다면 넌 힘들지 않았을 텐데."

통화는 대뜸 끊겼다. 종료 버튼을 잘못 누른 건가 싶어 다시 걸었지만 설은 받지 않았다. 내게 오빠가 있고 없고가 대체 뭐 그리 중요하단 말인가. 만약 오빠가 있는 걸 미리 알렸다면 상황이 다르게 흘러가기라도 했을 거란 건가.

설에게 실망했다. 설이 나의 부탁을 거절해서가 아니었다. 설 역시 엄마와 마찬가지로 뭔가를 알면서 속 시원히 말하지 않는 게 싫었다.

다들 나를 소중하게 여기지 않았다. 왜 진실을 털어놓지 않는 걸까. 나를 좋아했던 사람들은 다 죽거나 다쳐버렸으니 이제 주변에 남은 사람들은 모두 나를 사랑하지 않을지도 모른다. 그렇게 생각하니 광활한 세상에 먼지만도 못한 존재로 버티고 있는 기분이 들어 외로움을 견딜 수 없었다. 눈물이 왈칵 날 것 같으면서도 세상 모든 생명체를 향한 분통이 느껴졌다.

그때 설의 문자가 도착했다.

나도 널 좋아하고 있어.

나는 그만 참지 못하고 휴대폰을 집어 던져버렸

다. 지금 장난해?

*

돈이 없으니 어디도 갈 수 없어 결국 떠올린 곳은 동아리방이었다.

들어가기 전에 혹시라도 피곤함에 졸다가 기도를 빼먹을까 봐 1층 난간에 기대 급히 오늘치의 의식을 치렀다. 어느덧 밤 11시였기에 빨리 끝내버리고 싶어 성급히 왼쪽 손목을 그었다. 나를 구원해줄 핏방울이 맺혔다. 이걸로 세 번째 악신을 떠나보냈다. 이제 동아리방에서 한숨 돌리기만 하면 됐다.

늦은 시간이었지만 남자 화장실 쪽에서 부산스러운 소음이 들리는 걸로 보아 건물에 사람이 전혀 없는 건 아닌 모양이었다. 철학 동아리가 위치한 319호는 저주받은 동아리라는 소문이 쫙 퍼진 상태라 명패까지 제거됐다. 문만 보고 있으면 주인 없는 공실로 보였다.

"어, 웬일?"

문을 여니 혼자 먹태깡을 안주 삼아 팩 소주를 마시는 태석이 있었다. 그 와중에 먹어도 꼭 자기 같은 걸

먹었다.

"오빠, 왜 여기서 청승 부리고 있어요?"

"그러는 넌 여기 왜 왔어? 모임도 없는데."

나는 태석으로부터 두 칸 떨어진 옆자리에 앉았다. 바로 옆에 앉을 사이는 아니었다. 태석 또한 합석하는 게 편하지는 않은지 반대편으로 상체를 기울였다.

은호가 죽은 후 태석은 나에게 어떤 연락도 하지 않았다. 그가 나를 차단했다는 걸 알고 있었다. 나를 대하는 낌새가 호의적이지 않다는 것쯤이야 의심할 여지 없는 사실이었다.

"오빠도 나랑 있으면 재수 없을까 봐 겁나죠?"

태석이 흠칫 놀라 빨대로 팩 소주를 흡입하다가 멈췄다. 아무래도 오늘 여기서 지내기도 어렵겠거니 싶었다.

"나는 이제 겁 안 나."

고개를 돌려 태석의 왼쪽 얼굴을 빤히 바라보았다. 미안하다든가 폐가 됐다든가, 그런 말만큼은 하고 싶지 않았다. 그 말을 해버리면 정말 모든 게 내 잘못이 될 것만 같았다.

"다음 주제가 불교철학이었는데 영영 못 하게 된

게 아쉽네."

"누가 요청한 주제였는데요?"

"은호."

나는 입을 다물었다. 태석은 눈치를 보다가 마시던 팩 소주를 내밀며 권유했다. 당신이 쭉쭉 빨던 걸 더러워서 어떻게 먹냐며 농담조로 거절했고, 태석은 그제야 웃으며 대신 과자를 내밀었다. 과자 정도는 괜찮겠거니 싶어 몇 개를 집어 먹었다.

"불교철학은 여덟 글자로 정의할 수 있어."

"회자정리 거자필반."

"응, 만나면 무조건 헤어져. 하지만 떠난 사람은 반드시 돌아와."

"죽은 사람은 돌아오지 않는걸요."

"어떻게든 돌아와. 세상은 원형으로 돼 있거든. 특히 처음부터 둘이었던 것은 더더욱."

태석이 남은 소주를 모조리 흡입하고는 단숨에 구겨 쓰레기통으로 던졌다. 은호가 죽은 후로는 자신이 밤마다 동아리방을 관리하니 분리수거는 걱정하지 말라는 어색한 농담을 덧붙였다. 나는 웃지 않았다.

"그러니까 업보도 반드시 돌아와."

"업보라뇨?"

"남이 묶은 매듭 풀어주지 말고, 네가 묶은 매듭은 꼭 스스로 풀어."

태석은 감정이 거세된 사람처럼 고조 없는 표정으로 입을 움직였다. 움푹 팬 눈두덩이가 그간 홀로 겪었을 인간적인 고독을 말해주었다. 은호와 둘도 없는 관계였으니 눈가의 어둠은 작위가 아니었다.

우리의 시선 중앙에서 시계 초침만 움직였다. 그의 피곤한 눈이 모순적이게도 맑았다. 나는 이제 검고 매끈한 구체를 보면 소 눈깔밖에 떠오르지 않았다. 그런데 그의 눈만큼은 사람의 눈으로 보였다. 혹은 사람이 아닌 다른 어떤 것의 눈.

"그냥 너한테 뭐라도 도움을 주고 싶어지네. 철학적으로다가."

"더 말해봐요."

"또 뭐가 있을까. 칸트의 '선한 의지'도 지금 네게 필요하겠네. 선하고자 하는 의지 없이 주어진 도움은, 사실은 선함이 아니야. 결과보다 언제나 의지가 먼저니까."

철학 동아리 회장 아니랄까 봐. 나는 피식 웃고

말았다. 휴대폰을 보니 11시 20분이 다 되어가고 있었다. 혼자만의 시간을 더는 방해하고 싶지 않아 자리에서 일어났다. 문을 열고 나가려는데 그가 나지막이 말했다.

"설이랑 친하게 지내지 마라."

"지연이 언니랑 똑같은 말……. 종교사학과 조교한테 확인받았어요. 설이 그 학과 학생 맞대요."

"종교사학과 학생이 아니란 뜻이 아니야."

태석이 주머니를 뒤적거리더니 손을 뻗어 뭔가를 보여주려 했다. 손바닥 위에는 아무것도 없었다. 그는 마치 자기 눈에만 물체가 보이는 것처럼 행동했다. 예전 같았으면 다섯 손가락에 힘이 넘쳐나 집어 올릴 수 있는데 이제 두 개밖에 힘이 들어가지 않아 잡을 수가 없다며 이상한 말을 했다.

자조 섞인 태석의 얼굴은 내게 낯설기만 했다. 그는 펼쳐진 손바닥 위에 무엇을 올려두고 있는 걸까.

"설이 학생증 확인해봤어?"

열어둔 문 너머로 찬 바람이 불어닥쳤다. 바람결에 숨어 있던 먼지가 눈에 들어가 나는 무의식적으로 눈을 비벼댔다. 눈을 다시 떴을 때 태석은 완전히 등을 돌리고 앉아 있었다.

"무슨 말인지……. 저 그만 가볼게요."

"그래, 몸조심해."

인사를 해주고 싶은 마음에 허리를 꾸벅 숙였지만, 그는 돌아보지 않았다. 동아리방 문을 닫고 난간에 기대어 하늘을 올려다봤다. 시간과 공간은 함께 움직이는 것일까. 만약 아니라면, 저 밤하늘이 바라보고 있는 세계는 언제의 모습일까. 나는 어쩐지 등불처럼 밝은 달이 과거를 그리워한다는 묘연한 착각에 휩싸여 두 팔로 상체를 감쌌다.

*

하는 수 없이 집으로 돌아가는 길에 설의 학생증을 확인하라는 게 무슨 말이냐고 태석에게 메시지를 보내봤으나 그는 여전히 나를 차단한 상태였다.

아빠가 왜 밤마다 술을 마시는지 아주 콩알만큼은 이해가 됐다. 그도 혼자서 속앓이하는 게 있다는 뜻이겠지. 전혀 지지해주고 싶지는 않지만.

"나도 먹태깡이나 먹을까."

입이 심심해서 태석처럼 팩 소주와 안줏거리를

사기 위해 집 근처 24시간 마트에 들어서는데 엄마가 보였다. 엄마는 언뜻 보기에도 어린 남자 직원에게 웃으며 말을 걸고 있었다. 나의 의식을 방해할 때와는 완전히 다른 얼굴. 이 밤이 세상에서 제일 행복한 날인 것처럼 미소 짓는 얼굴이었다. 물건을 정리하는 남자는 오히려 심드렁한 표정인데, 그에 반해 엄마는 그 남자의 팔뚝을 은근히 만지며 한마디라도 더 걸어보려고 안간힘을 썼다.

순간 정형외과에서 오빠가 했던 말이 떠올랐다. 저 추접스러운 모습이 엄마의 본성이었던 건가. 나는 역겨운 여자의 팔뚝을 세게 잡고 마트 밖으로 끌어냈다. 엄마도 적잖이 당황했는지 들고 있던 물건을 와르르 놓쳐버리고는 나를 따라나섰다.

아파트 공원의 하얀 가로등 불 밑에다 엄마를 악성 재고 던지듯이 밀어버렸다.

“엄마, 진짜로 바람피워?”

“너 엄마한테 버르장머리 없이…….”

“방금 그 남자 뭔데?”

“너도 나를 의심하니?”

“뭐냐고, 씨발! 결국 엄마 잘못이었네!”

나는 그만 악다구니를 쓰고 말았다. 흥분하여 날뛰는 딸을 보자 엄마가 당황하여 손에 들고 있던 지갑을 놓쳐버렸다. 흰 불빛에 반사된 그녀의 두 눈은 이미 새빨갰다.

"네 외종사촌이야."

"거짓말 마. 삼촌한테 자식이 어디 있어?"

"재혼 준비 중이고 저 애가 와이프 될 사람 아들이야. 두 집 합칠 때 보탬이 되겠다고 우리 아파트 근처에서 야간 알바 해. 물건 옮기다가 팔을 다쳤대서 약이랑 용돈 좀 주려고 온 거고."

그러고 보니 삼촌이 재혼을 준비한다고 했었지. 여러 일로 정신이 없었던 관계로 그동안 신경 쓰지도 못했다.

의심이 빗나갔다는 점에서 안도를 느꼈으나 한편으로는 엄마를 믿지 못하는, 잔여물 같은 의심이 남아 있음을 자각했다. 젊은 남자 옆에서 미소를 꽃피우던 엄마의 모습이 머릿속에서 멋대로 확장됐다. 내가 풀어본 적 없는 두루마기가 펼쳐지고, 거기에는 존재할 리 없는 이상한 그림들이 마구 그려졌다. 이게 아빠가 매일 밤 사로잡혀 사는 허깨비일지도 몰랐다.

"진짜로 이상한 짓 안 하는 거 맞아?"

"네 외종사촌이라고 설명했잖아."

"근데 아빠는 왜 그래? 분명히 엄마가 의심 살 짓을 반복적으로 하니까 그런 거 아니야? 그래, 처신! 엄마 처신 잘한 거 맞아? 따지고 보면 아빠가 의심병 걸려서 가족을 망쳐온 것도 결국 엄마 잘못 아니야?"

나는 이 말을 하지 말았어야 했다. 하지만 이 말만큼은, 어쩌면 내가 한 번쯤은 내 입으로 뱉어보고 싶었던 가장 나쁜 말일지도 몰랐다.

제일 사랑하는 사람을 제일 야멸차게 비난하는 일. 그 완벽한 배덕을 선택하자 꿈속에서만 보았던 커다랗고 흰 소가 발굽을 바닥에 부딪치며 내게 달려오는 듯 진동이 느껴졌다. 내 손에는 어느덧 보이지 않는 붉은 천이 들려 있었다. 머리가 어지러웠다.

"어떻게 네가 나한테 그러니?"

"엄마는 늘 나한테 처신을 잘하라고 했지. 마치 뭐에 씐 사람처럼. 그게 다 엄마가 못 해서 그런 거 아니야? 날 옭아맸던 이유는 엄마에게 어떤 업보가 있어서 그런 거 아니냐고."

해서는 안 될 말이 아직 더 남아 있었다. 나는 엄

마의 어깨를 꽉 쥐고서는 눈을 부라리며 소리쳤다. 지금부터 하는 말은 나의 의지는 절반밖에 없는, 흰 소의 의지가 지배한 말일지도 몰랐다.

"우교 관련해서 무슨 일이 있었지? 솔직하게 말해. 나한테 다 말하라고!"

"네 아빠가 얼마나 악질인지 넌 몰라."

"아빠를 악질로 만든 건 엄마가……."

"원흉은 내가 아니라 네 아빠라고!"

엄마가 간신히 울음을 참고 나와 같은 얼굴로 악에 받쳐 소리쳤다. 자기 어깨를 쥔 손을 거칠게 떼어내더니 내 뺨을 한 대 내리쳤다.

엄마한테 처음 맞았다. 가로등 밑은 유독 환해서, 붉게 달아오른 뺨이 훤히 보이리라. 얻어맞으니 정신이 좀 들었다. 먼지처럼 나부끼는 날벌레 떼를 사이에 두고 우리는 대치했다.

"며칠 전에 어떤 할머니를 만났어. 엄마한테 술을 판 적이 있다고 하더라."

엄마는 모든 걸 포기한 얼굴이 됐다. 아무리 애를 써도 결국 달아날 수가 없다며 호소 같은 혼잣말을 하더니 눈물을 흘렸다. 나는 가방에서 티슈를 꺼내 엄마의 과거를 손수 닦아주었다. 그녀는 겨우 용기가 났는지 입을 열어 운을 뗐고, 머리 위의 달이 기다렸다는 듯이 엿듣는 바람을 내려보냈다.

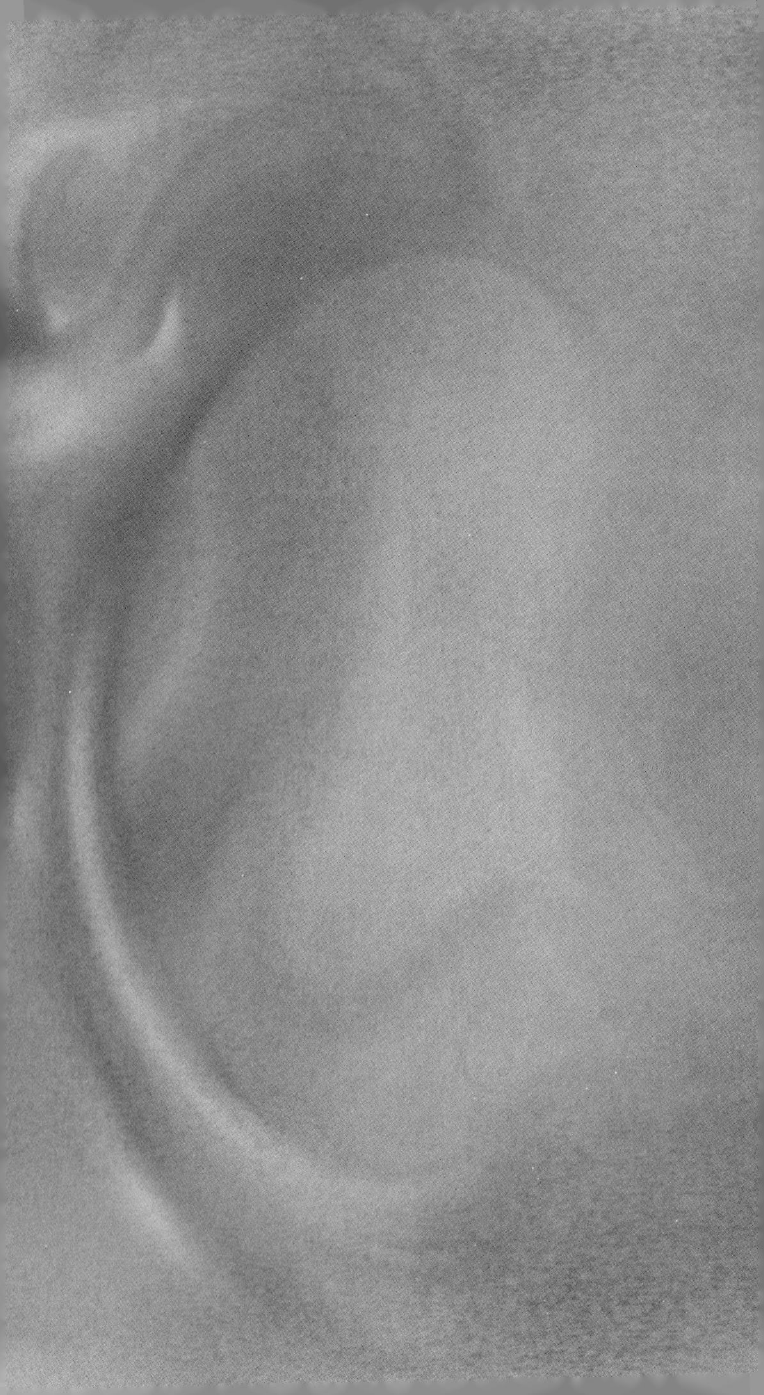

희영과 석구

희영에게 잘못이 있다면 금자*처럼 사랑에 까다롭지는 않았다는 것이고, 석구에게 잘못이 있다면 사랑에 까다롭지 않은 여자를 독점하려 했다는 것이다.

"너 또 앱 돌렸지?"

"안 돌렸어요."

"휴대폰 내놔봐."

"안 돌렸다니까요."

"빨리 줘!"

* 영화 〈친절한 금자씨〉의 주인공.

열아홉의 희영은 외로움이 많았다. 희영이 어떤 환경에서 자랐고 교우 관계는 어떠한지, 학원을 마친 심야가 되면 그녀의 곁에 누가 있었는지는 크게 중요하지 않았다. 외로움이란 단발적인 사건으로 설명할 수 없었다. 애초에 누군가가 끌어안고 사는 감정을 말할 때 굳이 설명이 필요할까. 그녀의 외로움 역시 19년 동안 하루도 빠짐없이 매 순간을 함께한 영혼의 짝이었을 뿐이다. 그래서 희영은 석구와 어울렸다. 그때까지만 해도 어울렸다는 말이 가장 적합했다.

"그만 의심해요."

"네가 어떻게 날 만났는지를 아는데 그럼 의심을 하지, 안심을 하겠니?"

석구의 눈에 희영은 예뻤다. 이게 그가 그녀와 어울린 두 가지 이유 중 하나였다. 또 다른 하나의 이유라면, 희영은 젊었다. 이 두 가지 이유로 석구는 희영이 석구를 원하는 것보다 더욱 희영을 원했다.

둘은 2020년 봄, 부산에서 데이팅 앱을 통해 만났다. 같은 동네에 사는 덕에 1킬로미터 미만으로 뜬 거리는 그들에게 앱에서 인연을 찾을지도 모른다는 환상을 촉발했다. 혼자인 희영은 외로웠고 혼자인 석구는 불안했다. 그 별거 아닌 이유로도 만남은 성립했다.

'이 어린 여자가 나한테 의지하니 어쩔 수가 없어. 나는 이런 사랑을 받고 있어.'

석구는 희영보다 열 살이 더 많았기에 그 사실을 자양분 삼아 자존감을 키워갔다. 자신이 일하는 종합 학원에 희영이 자발적으로 수강까지 할 정도였으니 희영의 사랑이 그만큼 크리라 생각했다. 석구에게 희영은 내세울 것 없는 삶을 빛나게 해주는 메달이었다. 그녀와 함께 걸으면 어깨가 솟아올랐고, 자신도 이 여자의 젊음에 어울리는 존재라는 만족이 피어올랐다. 그의 논리가 맞든 틀리든 간에 말이다.

"남들은 다 널 갖고 놀려는 것뿐이야."

"그럼 오빠는 뭔데요?"

"나는 사랑이야."

"증명해봐요."

"증명할 수 있지. 난 네가 어제보다 늙었어도 널 이렇게 사랑해주잖아."

애석하게도 희영은 석구의 바람과 달리 석구를 사랑하지 않았다. 희영은 곁에 누군가 있어주기만 하면 됐는데 그 모든 남자 중 가장 끈덕지게 희영을 갈구했던

게 석구였을 뿐이다.

그래서 희영이 지웠던 앱을 장난삼아 재설치할 때마다 석구는 여태껏 자신이 가졌던 것 중 가장 젊고 빛나는 존재가 떠나갈까 봐 안절부절못했다.

스물아홉의 석구는 친척에게 겨우 사정하여 기간제 수학 강사 자리를 구했고, 그나마도 실력이 좋지 못해 3개월 단위로 계약했다. 학원에는 유수의 대학을 목표로 하는 학생들이 많았다. 희영에게 다가가는 아이들도 더러 있었다. 그들은 스물아홉이 돼도 석구처럼 살지 않을 녀석들이었다. 그러니 석구는 알고 있었다. 자신이 불안해하는 이유와 그 불안을 성립하게 하는 논리야말로 진짜라는 것을.

관계를 유지하는 구질구질한 마음이 최악이더라도 사랑이라 우기면 사람들은 면죄부를 주었다. 석구가 희영을 곁에 두기 위해 그녀의 자존감을 깔아뭉개고, 젊음을 없는 것으로 간주하고, 찬란한 시기를 어차피 다 지나갈 한단지몽으로 치부해버려도 너를 위해서 하는 말이라는 한 꼭지를 더하면 연인의 어른스러운 조언이 됐다.

희영이 맞이한 스무 번째 초여름에 아들이 생겨

결국 그녀는 스물을 넘기지 못하고 석구와 결혼했다. 희영은 그때 많이 울었지만, 여전히 까다롭지 못했다. 어쩌면 그녀는 다행이라고 생각했을지도 모른다. 자신을 빼닮은 아이가 생겼고, 네 번째 손가락에 반지를 끼워준 남편이 있으니 이제 외로움과는 영영 이별이라고.

미래를 사는 현재의 인간들은 한 여자의 후퇴하는 외로움을 아름답지 못한 시대의 부산물 정도로 취급했다. 희영은 친구의 축복도, 가족의 축복도 받지 못했으나 거듭 되뇌었다. 이제 외롭지 않을 거라고. 희영의 마음에는 태생적인 우울과 막연한 긍정이 공존했다. 그 모순적인 공존이야말로 희영이 가진 본연의 찬란함이었다.

"옷 좀 그만 사."

"놀러 갈 때 입으려고요."

"나다닐 생각 말아. 너도 이제 좋은 시절 다 갔어."

"말을 해도 참……."

"말대꾸하지 마. 너 때문에 혓바닥 빠지게 일하는 거 몰라?"

희영이 가진 빛이 사그라들질 않으니 석구가 품은 어둠도 자꾸만 그림자를 늘어뜨렸다. 석구는 불안했다. 이른 나이에 결혼하고 아이를 낳아도, 주위에 친구가 없어도 희영은 희영이었다. 그녀의 껍데기를 모욕해도 그녀가 가진 본연의 인력까지 해체하지는 못했다.

석구에게 있어 애정은 자아를 지키고 자존감을 붙들어주는 하나밖에 없는 무기였다. 자신에게 전적으로 의지하고 강하게 집착하는 약한 개체, 그 불안한 개체가 모순적으로 석구의 불안을 가장 깨끗이 지워줬다. 희영을 그렇게 약한 개체로 전락시키려면 어쩔 수 없이 마음을 파괴할 필요가 있었다.

희영을 좌절시킬 가장 저렴한 방법은 껍데기를 지적하는 일이었다. 희영이 무력하게 집에만 콕 박혀 영원히 자신만 바라보게 만들고 싶었다. 석구가 태어날 때 손을 잡은 태생적 불안이 늘 그를 다그쳤다. 그러니 까다롭지 못한 희영은 석구의 말을 곧이곧대로 믿어 거울을 자주 볼 수밖에 없었다. 아들 일한이 일곱 살이 되던 순간까지 말이다.

"일한이 엄마, 어디 가?"

"화장품 좀 사려요."

"돈 아깝게 뭐 하러."

"너무 관리를 안 했나 싶어서……."

“에이, 그러면 같이 백우사에 가볼래요?”

“백우사요?”

“우교를 믿으면 사람이 7년은 어려진대요.”

희영은 하얀 소와 연이 닿았다. 범어사를 중심으로 십이지신을 섬기는 열두 개의 종파가 있었다. 예로부터 털이 흰 짐승을 믿으면 그 짐승을 닮아 하얗게 빛이 나니 늙지 않는다는 말이 있었다. 덕분에 흰 소를 믿는 우교와 흰 양을 믿는 사륵교*는 늘 신도들로 붐볐고 포교 경쟁도 치열했다.

당시 우교의 교주는 희영과 나이가 같은 여자였다. 언뜻 보면 성별과 연령의 분간이 어려울 만큼 풍채가 좋았고, 머리는 매우 짧은 커트 머리였다. 목소리를 듣고 나서야 여자라는 점을 알아차린 희영은 경계를 풀고 백우사 문턱을 넘었다. 교주가 소의 뿔을 형상화한 흰색 삼각모를 쓴 채 친절히 맞이했다. 굳이 말하지 않아도 신도들에게는 젊음을 얻고 싶다는 공통된 욕망이 있었으므로 교주는 희영에게 불필요한 질문은 하지 않

* 사륵(沙肋)이란 양을 달리 표현한 말이다.

았다. 그 대신 아주 가벼운 질문을 던졌다.

"밥은 드셨고?"

"아, 네."

"백설기 좀 먹을래요? 아침에 쪄 왔는데 정말 달아. 냉장고에 쑥떡도 있어요."

오랜만에 만난 친구를 대하듯 교주는 희영을 앉히고 먹을 것부터 내주었다. 소를 믿는다는 게 무엇을 의미하는지 설명을 듣기도 전에, 새하얀 환대에 희영의 긴장이 눈처럼 녹아내렸다.

"저, 가입금……."

희영이 우물쭈물하며 가방에 넣어둔 흰색 봉투를 꺼냈다. 으레 신규 신도로 등록하기 위해서는 돈이 필요하다는 걸 들은 까닭이었다.

"아휴, 백설기 공짜예요."

교주는 봉투를 거절하며 따뜻하게 웃어주었다. 그것이 교주와 희영의 첫 만남이었다.

자신보다 작은 생물을 가엾이 여길 줄 아는 소의 뜻을 받들어 우교에서는 신도들에게 돈을 강요하지 않았다. 또한 소가 무리 생활을 하는 것에 착안하여 신도들을 한 무리의 가족이라 여겼다. 교주는 그들에게 혼자가 아니라는 말을 자주 하여 소속감을 느끼게 해주었다. 월말이면 자율 상납금을 내긴 했지만, 신도들을 차별하지 않고자 봉투에 액수와 이름을 적어 넣는 것은 금칙이었다. 또한 상납금은 교단의 기본적인 운영과 차세대 신앙 활동을 위한 기기 개발에만 투명하게 쓰였다. 이러한 배려가 신도들로 하여금 우교를 사랑하게 만들었다.

그 후 희영은 소처럼 눈이 새까맣게 맑아지고 마음이 차분해지는 기적을 경험했다. 과연 그것이 종교의 힘인지 혹은 처음으로 자신에게 대가 없는 친절을 베푼 교주를 만나 얻게 된 마음의 안식인지는 알 수 없었다. 중요한 건, 희영은 교주를 믿었고 그 믿음이 변화를 불러일으켰다는 점이다. 교주는 희영을 위해 유리로 된 소 모양 도기를 선물했고 희영은 이를 늘 가방에 걸고 다녔다. 혼자 장을 볼 때도 도기를 매만지면 교주가 곁에 있는 느낌이 들었다.

"요즘은 남편이 구박 안 해요?"

"예전에도 구박 안 했어요."

"거짓말. 처음 왔을 때랑 표정이 다른걸."

"티 나요?"

"나죠, 그럼! 우신은 우리 마음이 평온하기를 바

라셔요. 배신만 하지 않으면 늘 사랑으로 품어주셔. 그러니 여기선 마음 편히 있어요."

희영은 우신을 대리하여 진심으로 신도를 품어주는 교주가 고마웠다. 손을 잡고 있으면 마음속에서 울컥거리는 뜨거운 것이 느껴졌다. 늘 외롭기만 했던 삶에 자신처럼 까다롭지 않은 존재를 만나는 건 고마운 일이었다.

희영은 처음으로 '정'이라는 것에 어깨를 기댔다. 석구가 준 적 없던 선물이었다.

"자기, 머리했네? 잘 어울려요."

"남편은 별로라고 하던데."

"눈알이 장식인가 보지."

"저…… 교주님에게 보답을 하고 싶어요."

"뭘 보답을 해. 믿음이 보답이네요."

"필요한 거 없으세요?"

교주는 부쩍 밝아진 희영의 얼굴을 보고 오래전 선대 교주의 손을 잡던 자신을 떠올렸다. 우교의 미래를 위한 기기 개발과 신도 포교. 우신의 뜻에 따라 받은 대로 베푸는 일을 잘 해내고 있다는 사실에 교주 역시 충만한 기쁨을 느끼고 환히 웃었다. 보드라운 소가 늘 그녀들의 뒤에 있었다.

“정 그러면 영력주 한 병 사줘요.”

“영력주요?”

“십이지교 교주들은 서로 영력을 보완하기도 하고 상쇄하기도 하는데요. 합이 나쁜 교단에서 만든 담금주를 먹는 건 금기지만, 합이 좋은 교단의 담금주를 마시면 영력이 보완돼요.”

교주가 희영에게 장터 전단을 나눠 주었다. 범일동 평화시장에서 개최되는 정기 장터는 겉보기에 평범한 야외 행사와 다를 바 없었으나, 십이지교 상인들이 은밀히 포교 활동을 하고 성물을 판매하기 위해 일반 상인인 척 침투해 활동하는 행사였다.

“우교는 뱀을 믿는 사교와 합이 좋아요. 잊지 말아요. 뱀이에요, 뱀.”

늘 희영의 푸념을 들어주기만 했던 교주가 처음으로 희영에게 부탁한 일이었다. 희영은 어려운 일이 아니니 꼭 영력주를 사다 주겠노라 맹세했다.

정말로 별거 아닌 일이었다. 해줄 수 있는 일이 생겨 희영은 너무나도 기뻤다.

*

석구도 오랜만에 기뻤다. 부쩍 외출이 잦았던 희영이 주말에 같이 나들이를 가자고 했으니까.

시대가 흘러도 예스러움을 간직한 범일동의 평화시장은 생각보다 규모가 컸다. 석구는 모처럼 외출이니 일한을 부모님 댁에 맡기자고 했지만, 희영은 시장에 가는 것뿐인데 굳이 떼놓을 필요 없다며 아들의 손을 꼭 잡았다. 그 모습은 석구가 근래에 본 희영의 모습 중 가장 아름다웠다. 자신과 살을 섞어 낳은 아들을 살뜰히 챙기고, 시어머니를 귀찮게 만들 생각도 하지 않는 아내가 기특했다.

둘이 함께한 시간이 몇 년이 됐든 평생토록 희영은 석구보다 열 살이 어렸다. 그러니 죽을 때까지 석구에게 희영은 절대적으로 젊은 여자였다. 석구가 희영의 자존감을 깎아먹기 위해 아무리 부인해봤자 눈앞에서 아들 손을 잡고 살구처럼 달게 웃는 희영의 찬란함은 사라지지 않았다.

석구는 오랜만에 만족스러웠다. 저 찬란한 여자가 자기 아내고, 둘 사이에 집토끼 같은 아들이 있다는 것이. 게다가 희영의 배 속에 가정의 해체를 막아줄 두 번째 징표도 생긴 상태였으니 만족감은 더 컸다.

'우교인지 나발인지 그만 걱정해도 되겠군.'

과거 석구는 백우사에 한 번 찾아간 적이 있었다. 마침 그날 교주가 없었고, 종무소 직원만 있었다. 초대받지 않은 석구가 모래밭에 굴러다니는 개똥벌레처럼 동그란 눈알을 굴리며 사방을 훑었을 때 희영은 수치스러워 어찌할 바를 몰랐다.

희영이 헌금이나 물품 구입을 강요하지 않는 정상적인 종교라고 있는 그대로 설명했지만 석구는 귀담아듣지 않았다. 기독교도, 불교도 아닌 우교를 믿는 게 싫다는 건 핑계였다. 행여나 백우사라는 곳에 자신보다 희영의 곁에 더 어울리는 남자가 있을까 걱정됐다. 희영은 석구에게 말하기가 자존심이 상하여 젊음을 얻기 위해 간다는 말만큼은 하지 않았다. 그저 친하게 지내는 이웃들이 많이 다니니 사교 활동 겸 가는 거라 둘러댔다. 그러니 둘 사이에는 표현의 공백을 비집고 자라난 오해가 쌓였다.

석구는 희영과 사는 한 평생 도를 닦아도 마음의 불안을 떨치지 못할 운명이었다. 그가 사랑의 감투를 쓴 고집을 선택한 이상 감내해야 하는 천수의 불행이었다.

하지만 아내가 먼저 주말에 나들이 제안을 한 데다가, 아들의 손을 저리도 살갑게 잡고 있으니 석구는 참으로 오랜만에 환히 웃었다.

"아빠, 우리 호떡 사 먹으면 안 돼요?"

"되지."

"아싸!"

일한은 부모와 함께하는 외출에 신이 났다. 희영은 석구에게 술을 한 병 사야 하는데 어린 일한은 같이 가지 않는 게 좋으니 잠시만 둘이서 시간을 보내달라고 부탁했다.

석구는 비실비실 웃음이 나오는 걸 감추지 못했다. 술이라면 보나 마나 자신에게 주기 위해 구매하는 게 빤했다. 호떡 매대를 가리키며 방방 뛰는 아들의 손을 잡고 걷는 와중에도 곁눈질로 희영을 눈에 담았다.

한편 희영은 교주가 알려준 대로 뱀이 그려진 매대를 찾기 위해 두리번거렸다. 종교 및 정치 품목은 신고가 들어올 수도 있어 십이지교 상인들은 최소한의 표식만 남겨둔 채로 매대를 운영했다. 또한 각 종파에서 제조하는 영력주는 겉보기에 일반 술과 차이가 없었다.

뱀술도 뱀이 들어 있는 게 아니라 뱀을 믿는 사람들이 영력을 넣어 만든 술이었다.

속 시원히 묻고 싶었으나 질문조차도 엄금이니 알음알음 구매하는 게 원칙이었다. 그것마저도 신의 뜻이요, 우신의 가호이니 희영은 마음속으로 연거푸 기도를 올렸다. 운명처럼 교주에게 사다 줄 영력주를 찾게 해달라고.

가방에 걸어놓은 소 도기를 만지작거리며 간절히 비나니 우신이 대답했다. 고개를 돌려보니 커다란 크로스 백을 맨 행상인이 보였다.

"혹시 우교 사람?"

검은 캡 모자에 머리칼을 구겨 넣긴 했으나, 그늘진 얼굴로 보기에 50대 정도 돼 보이는 중년 여자였다. 그녀는 희영이 만지고 있는 소 도기를 손가락으로 가리키더니 은밀하게 자신의 뱀 도기를 꺼내 보였다.

희영이 곧바로 티 나게 반색했다.

"맞아요!"

"뭘 찾기에 그리 두리번거려. 호호호."

희영이 소심하게 여자가 든 뱀 도기를 가리켰다.

"그쪽에서 만든 영력주 있나요?"

여자가 길거리 구석으로 뛰어가며 희영에게 얼른 따라오라 손짓했다. 여자의 얼굴에는 자신만만함과 수상함이 절반씩 섞여 있었다. 전쟁터에서 다이아몬드라도 찾은 듯이 비밀스럽게 크로스 백 안에서 술병을 꺼냈다.

"백우사에 가져가려는 거 맞지?"

"어떻게 아셨어요?"

"소를 믿는 사람이 뱀술을 원하면 갈 곳은 거기뿐이지."

"얼마죠?"

여자가 손가락 다섯 개를 쫙 펼쳤다. 희영은 카드는 안 되냐고 물으려다 여자의 행색을 보고는 눈치껏 지갑을 꺼내 만 원짜리 다섯 장을 펼쳤다.

"근데 왜 매대에서 판매를 안 하세요?"

"사실은 저쪽에 정통파 사교가 있긴 한데……."

여자가 검지를 쭉 뻗어 먼발치의 매대를 가리켰다. 작은 뱀 그림이 그려진 매대가 보였다. 희영이 여자를 만나지 않았다면 금방 발견했을 위치였다.

"나는 분파라서 이교도 취급을 받고 있어. 대신에 물건값을 절반만 받아. 똑같은 뱀술인데 싸게 샀으니

아가씨는 운이 좋은 거야."

희영이 눈을 게슴츠레하게 오므려 정통파에서 판매하는 영력주의 가격표를 살폈다. 정말 두 배 이상의 금액이었다. 똑같은 술을 훨씬 저렴하게 샀으니 희영은 별안간 로또라도 맞은 느낌에 신이 나 손뼉을 쳤다. 기뻐하는 그녀에겐 송아지처럼 순수한 구석이 있었다.

"여전히 백우사는 신도가 많지?"

"그럼요, 교주님이 좋은 분이시니까요. 우신도 늘 우릴 지켜주시고."

희영이 들뜬 마음을 감추지 못했다. 그때 사교 매대를 지키고 있던 신도가 수상쩍은 눈빛을 보냈고, 여자가 그 기류를 읽었다. 받은 지폐를 황급히 크로스 백에 쑤셔 넣은 다음 희영에게서 두 발짝 멀어졌다.

분파와 정통파의 기 싸움을 보며 희영은 평화로운 우교 사람임에 감사함을 느꼈다.

"아가씨."

"네?"

"그래도 조심은 해."

"뭘요?"

"신을 믿으면 악신도 따라오니까."

왼쪽 대각 방향에서 호떡을 다 먹은 일한이 엄마를 찾기 시작했다. 희영은 본인이 원래 있어야 할 자리로 돌아가야만 했다.

"아들인가 보네. 이름이 뭐야?"

"일한이요, 박일한."

"옆에는 남편?"

"네."

여자가 부자의 모습을 쓱 훑고는 나지막하게 속삭였다.

"오늘 고마웠으니 기억해둘게."

여자는 모자를 한 번 더 꾹 눌러쓰고는 먼저 돌아섰다. 그늘진 하관이 어쩐지 비열하다 싶을 정도로 즐거워 보였으나 희영은 신경 쓰지 않았다. 아들의 입가에 묻은 호떡 꿀을 닦아주기 위해 가방에서 물티슈를 꺼낼 뿐이었다.

*

석구는 베란다에 서늘하게 보관한 술병을 언제쯤 자신에게 주려나 기대했다. 노르스름한 담금주를 출근하기 전마다 챙겨 보았다. 무슨 요일에 희영이 다 익었다고 말하며 선물할지, 어떤 안주와 상을 차릴지 떠올리자 설레는 맛이 술병을 따기 전부터 입안을 간질였다. 하지만 이미 숙성된 담금주가 월요일부터 목요일까지 나흘이나 방치됐는데도 희영은 술 얘기를 꺼내지 않았다. 입술의 가장자리가 헐어버릴 정도로 입맛만 다시던 석구가 금요일 출근 전에 넌지시 말을 꺼냈다.

"저녁에 삼겹살 사 올게."

"구워 먹게요?"

"응, 저 술이랑 같이 먹으면 맛이 죽일 것 같아."

히죽거리는 그의 눈 안에 불안한 희영이 담겼다.

"무슨 술요?"

"베란다 담금주. 그만 아끼고 이제 먹자."

"저거 당신 거 아니에요!"

거울을 보고 넥타이를 매던 석구가 희영의 날카로운 목소리에 깜짝 놀라 고개를 돌렸다. 희영은 주먹까지 쥔 채 방금 한 말이 농담이 아니라는 경고를 온몸으로 뿜어댔다.

그때 석구는 월요일부터 목요일까지 나흘간 간직했던 설렘이 구겨지다 못해 초라한 종잇장처럼 갈기 갈기 찢어지는 아픔을 느꼈다. 그깟 담금주야, 석구가 마트에서 제 몫의 신용카드로 몇 병이고 살 수 있었지만, 자신에게 줄 것이 아니라는 희영의 마음은 억만금을 줘도 되돌리지 못함을 알았다.

"그럼 누구 건데?"

"있어요."

"주말마다 가는 절 사람 주려고?"

"몰라도 돼요. 그냥 지인이니까."

희영은 가타부타 더 설명해봤자 석구의 속만 상한다는 걸 알았기에 아예 설명의 꼬리를 잘라먹었다. 요청한 적 없는 배려가 독이 돼 석구의 마음에 한 방울씩 스며들더니 기어코 눈망울을 탁하게 오염시켰다.

석구는 잘려 나간 설명 뒤에 남겨진 외로움을 살갗으로 느꼈다. 희영은 늘 석구를 속 좁은 꼬마로 만들었고 석구는 그녀의 곁에서 좀처럼 어른이 되지 못하는 현실에 열등을 느꼈다.

석구는 차갑게 식은 눈을 돌려 넥타이를 마저 고쳐 맸다.

"믿음으로 젊음을 찾는 곳. 선남선녀들이 많기로 유명한 종교입니다."

석구는 백우사 홍보 문구에 걸맞은 젊고 건강한 남자들을 상상했다. 그들의 빛나는 용안에는 석구가 가지지 못한 마음의 평안마저 넘쳐흘렀다. 희영의 또래라면 백우사 신도가 아니라 길거리의 이름 없는 부랑자라도 그 빛이 있다는 점을 애써 부인하며 석구는 백우사를 향한 증오를 품었다. 희영이 남자들에게 담금주를 선물하는 장면이 환상처럼 자꾸 보였다.

하지 말아야 하는 상상일수록 악독한 인력이 있으므로 석구의 뇌는 이미 망상에 중독돼 존재하지 않는 희영을 계속 만들었다. 현관문을 나서는데 그날따라 날씨가 우중충했고 안개비가 흩날렸다. 우산을 써도 빗방울이 두 뺨을 후려갈겼다.

'희영아, 네가 그렇게 잘났냐?'

마음이 서늘해질수록 석구는 역설적으로 온몸이 뜨거워지는 열병을 느꼈다.

*

희영은 현관문을 나서던 석구의 표정이 마음에 걸렸다. 보통 같으면 길길이 날뛰거나 죄 없는 갑 티슈라도 집어 던지며 화를 냈을 텐데. 희영은 직감적인 불안을 견디지 못하고 석구에게 저녁에 삼겹살과 복분자주를 사놓을 테니 화를 풀라고 메시지를 보냈으나 답이 없었다.

일단 희영은 더 큰 싸움을 방지하기 위해 서둘러 옷을 갈아입었다. 석구가 토라지든 배를 뒤집고 생떼를 쓰든 술은 석구의 몫이 아니었다. 비단에 잘 감싼 술병이 혹시 깨질까 보랭 백에 넣고, 그 백을 다시 에코백에 넣어 집을 나섰다. 아침에 내리던 안개비가 부슬비로 바뀌었다. 우산을 쓰나 마나 비에 젖는 날씨였다.

'다 가정을 위해서야.'

아침에 보았던 석구의 뒷모습이 끄지 못하고 나온 전깃불처럼 희영의 마음을 찜찜하게 만들었으나 희영은 백우사를 선택한 최초의 원인이 석구에게 있음을 상기했다.

희영이 우교를 믿게 된 이유는 젊음을 준다는 말 때문이었다. 젊음은 석구가 희영에게 너는 이제 잃어버렸노라 수년간 지적한 것이었다. 희영은 젊음을 되찾는 일이 매사가 불안하고 부정적인 석구와의 관계를 차분하게 만들 유일한 해답이라 판단했다. 석구에게 사랑받기 위함이 아니었다. 석구가 희영을 사랑하지 못하듯이 희영도 오래전부터 석구를 사랑하지 않았다. 하지만 어떤 사람은 상대를 사랑하지 않아도 품을 허락하겠다는 마음으로 살아간다. 석구가 자신의 불안함을 떨치지 못해 망상을 키우며 살듯, 희영도 외로움을 떨치지 못해 흙과 먼지 같은 마음마저 끌어안고 살았다.

그러니 둘의 불행은 우연이 아니었다.

필연이었다.

그것도 아주 질기고, 합이 좋은 필연.

백우사에 도착한 희영을 보자마자 교주가 어깨에 두른 짐을 대신 들어주었다.

"어쩐 일로 평일에?"

"이거 드리려고요."

"이게 다 뭐예요?"

교주가 바닥에 에코백을 내려놓았다. 보랭 백을 꺼내어 벗기고, 둘둘 감긴 비단까지 천천히 벗겼다. 그 안에 들어 있는 게 무엇인지는 물어볼 필요가 없었다.

"진짜 구해 오셨네요?"

교주가 미안해하며 술병을 만지작거렸다. 비에 축축이 젖은 희영의 머리칼이 목덜미에 잔뜩 달라붙어 있었다. 교주는 모시 손수건을 챙겨와 직접 희영의 목덜미를 닦아주었다.

희영은 그런 교주가 좋았다. 말하지 않아도 먼저 살펴주는 사람은 희영의 인생에 교주뿐이었다. 그런 사람과 함께 있노라면 누구나 1년을 살아도 하루만 산 것처럼 젊고 싱싱할 게 당연했다.

"주말에 오시지. 이 비를 맞으시고……."

"빨리 드리고 싶었어요."

손길을 거절하지 않던 희영이 맑게 웃으며 술병을 직접 열었다.

"남편이 탐내서 그 사람 베때기로 들어가기 전에 얼른 가져왔어요."

괜스레 조급해진 희영은 종이컵을 가져와 한 잔을 가득 채웠다. 교주는 희영의 기특한 헌신에 마음이 동하여 반발 없이 받아 마셨다.

"맛이 어때요?"

"신도가 가져온 건데 최고지요. 희영 씨도 마셔요."

희영이 자신의 배를 쓰다듬었다.

"젖 먹기 전에 술부터 먹게 하면 안 되지요."

교주가 반색하며 그녀의 배를 함께 어루만졌다.

"세상에! 그러면 이 맛있는 건 내가 다 먹어야겠군요. 이모한테 나중에 딴소리하기 없기다."

"한 잔 더 드셔요. 오래오래 건강하셔요."

희영이 즐거워하며 한 잔을 또 채워줬고, 교주도 기꺼이 그 잔을 받아 마셨다.

"희영 씨."

"네."

"너무 착하게 살지 않아도 됩니다."

"이 술은 제가 구해드리고 싶어서 구해 온 거예요."

"압니다. 하지만 우신이 늘 당신과 함께하시니 조금 정 없이 굴어도 절대 혼자가 되지 않아요. 그러니 외로워하지 말고, 걱정하지도 말아요."

교주가 자애로이 희영의 어깨를 두드렸다. 취기로 살짝 달아오른 덕에 따스함이 빠르게 희영의 피부에 닿았다.

"그렇게 말해주셔서 고맙습니다……."

희영이 공손히 두 손을 모으고 고개를 숙였다. 교주의 커다란 사랑이야말로 젊음의 원천, 가정을 지킬 평화의 기틀이었다. 언제나 텅 비어 쓸쓸했던 희영의 마음은 이처럼 살다가 우연히 만난 자의 사랑으로 채워졌다. 희영은 앞으로도 교주와 오래도록 잘 지내고 싶다는 소망을 품었다.

급히 두 잔을 마셔서인지 교주는 평소 음주 때와 다르게 머리가 핑핑 도는 어지럼증을 느꼈다. 밖으로 나가 절벽 위 하늘의 풍경을 즐기며 산바람을 쐬고 싶었다. 꼭 누가 어깨를 잡고 백우사 뒤편으로 끄집어내려는 듯했다.

"저는 바람을 쐴 테니 샤워라도 하세요. 비 맞은 채로 있으면 감기 걸려요."

"알겠어요."

"샤워 끝나면 보답도 할 겸 나도 비밀 하나 말해줄게요. 희영 씨에겐 괜찮겠다 싶어요."

교주가 장난스러운 얼굴로 희영에게 윙크를 날렸다. 희영은 그게 무엇인지 추측하지는 않았다. 농담으로 하는 말이겠거니 싶었다. 뭐가 됐든 간에 교주와 사이가 가까워졌다는 확신이 생겨 기쁠 따름이었다.

교주는 감각기관이 급속도로 악화되는 것을 애써 감추곤 희영에게 잘 마른 수건 두 장을 꺼내주었다.

희영은 백우사 구석에 위치한 샤워실로 향했다. 교주가 사찰 문을 열고 나가는 소리가 들렸고, 희영도 물을 틀었다. 휴대폰으로 좋아하는 노래까지 재생했다. 속으로 술을 대접한 일에 대해 자화자찬 같은 감상을 늘어놓으며 콧노래를 흥얼거렸다.

다른 신도가 도착했는지 사찰 문이 열리고 닫히는 소리가 몇 번 반복됐다. 희영은 이제 조급함이 사라져 온몸을 구석구석 씻고는 젖은 머리를 수건으로 휘감고 나왔다.

점심을 먹기에 좋은 시간이었다. 산나물 비빔밥이나 해 먹자고 제안하려는데 교주는 아직 산책이 끝나지 않았는지 사찰 안에 없었다.

'들고 가셨나?'

신은 사람에게 예지력을 허가하지 않았다. 인간이 제멋대로 시간을 넘나들며 다가올 앞 세계와 이미 지난 뒤 세계를 비교했다가는 신의 영역까지 침범하리란 사실을 모르지 않기에 신은 인간의 예민한 세 번째 눈을 가렸다. 대신 하나는 남겨두었다. 그것은 보이지 않는 것을 보는 듯 느끼고 들리지 않는 것을 듣는 듯 느끼는 힘. 미래를 겪지 않아도 마음속에 형상을 그리는, 과

학으로 증명하지 못해도 모든 인간이 한 번쯤은 경험하는 그 능력을 하사했다.

그러니 희영은 직감했다. 지금 가장 중요한 것이 사라졌고, 그것이 그녀의 인생을 송두리째 바꿀 만큼 커다란 힘을 가졌다는 신의 외침을. 희영은 두 팔로 어깨를 감싼 뒤 얕게 떨었다. 언젠가 교주가 그런 말을 해준 적이 있었다. 인간에겐 악신과 수호신이 있는데 오른손잡이라면 더 자주 쓰는 오른손을 악신이, 정적인 왼손을 수호신이 잡는다고. 그래서 인간은 악해지긴 쉽고 선해지긴 참 어렵다고. 희영은 오른손을 휑하게 스치는 바람을 감지했다.

"혹시 여기 있던 술병 못 보셨어요?"

"못 봤는데."

희영은 머리의 물기를 차마 다 짜지도 못한 채 사찰문을 열고 나갔다. 처마 밑에서 믹스커피를 마시던 동료 신도가 인사를 건넸으나 희영은 인사를 받지 못했다. 심장이 두근거리고 불안하여 구역질을 할 것만 같았다. 빗물에 질척이는 흙바닥을 내려다보았다. 자신의 것과 크기가 비슷한 신발 자국. 다른 이와 엉킨 건지 길쭉한 신발 자국과 얽혀 있는 궤적이 보였다.

왼손에 힘이 들어갔다. 팔을 앞으로 휘저으며 발자국을 따라갔다. 오른손이 간질거려 몇 번이나 세게 내리쳤지만 좀처럼 가려움은 가시지 않았다. 어린나무처럼 흔들리는 다리에 힘을 줘 겨우 다다랐다.

백우사의 뒤편, 다다른 절벽에.

“안 돼!”

절벽 아래에 사지가 모조리 꺾인 교주가 쓰러져 있었다. 교주는 마지막 숨을 내쉬며 절벽 위의 희영에게 남은 힘을 쥐어짜 입 모양으로 말했다.

‘배 속에 머리가 두 개인 악신이 깃듭니다.’

그리고 그 입은 두 번 다시 움직이지 않았다. 죽음은 꽈배기처럼 비틀린 몸이 아니라, 빗물이 들어가도 감기지 못한 눈동자의 정적 속에 담겼다.

“설마, 설마…….”

좌우를 살피니 자신이 줬던 술병이 있었다. 흙바닥에서 술 냄새가 진동했는데, 꼭 교주가 마신 것처럼 보이려 내용물을 전부 비워버린 것 같았다. 공포에 질린 희영이 가까스로 술병을 들자 술이 들어 있을 땐 보이지 않던 바닥의 음각이 보였다.

언젠가 교주는 그런 말도 했었다. 십이지교 간에

포교 경쟁이 치열하여 서로 견제하는 분위기가 있다고.

희영은 토악질 대신에 비명을 지르며 주저앉았다. 음각으로 새겨진 것은 뱀이 아니라 사륵이었다.

*

교주의 원인 모를 극단적 선택을 신도들은 저주로 해석했다. 아마도 어떠한 금기를 어겼고, 나쁜 기운이 깃들어 우신이 노했다는 것만이 그나마 생각해볼 만한 답이었다.

십이지교에는 교주가 죽으면 망자가 무조건 한 명을 동무로 데려간다는 전설이 있었다. 신도들은 불행의 씨앗이 자신의 삶에 발아하는 걸 피하기 위해 하나둘 백우사를 떠났다. 교주의 친인척들이 마지막까지 우교를 지키려 했지만 신도가 모두 떠난 종교를 지키는 것은 무의미했다. 믿음이 없는 곳에는 어떤 사랑도 깃들지 못하니 우신이 아무리 아끼려 해도 손이 맞닿질 않았다.

희영은 평화시장에 몇 번이고 찾아갔으나 술을 판 행상인은 두 번 다시 보지 못했다. 그녀는 지푸라기라도 잡는 심정으로 사륵교 매대의 책임자를 만났다.

"우교 신도가 사륵교 매대엔 어쩐 일이신가요?"

"말씀 좀 물으려고요. 만약 사륵교의 영력주를 우교 신도가 마시면…… 어떻게 됩니까?"

"둘은 충(衝)의 관계입니다. 사륵신의 영력이 닿으면 우신이 진노하여 큰 화를 내릴 겁니다. 금기가 괜히 있는 것이 아니지요."

"……."

"요즘 분파 신도들이 세력을 확장하고자 갖은 수를 쓰고 있습니다. 그중 하나가 경쟁 교단에 테러를 가해서 힘을 과시하는 거라더군요. 우교는 평화로운 곳이라 내부 분파가 없지만 사륵신을 믿는 분파 교도의 표적에서는 벗어나지 못하니 조심하세요."

씨줄과 날줄은 희영 몰래 이미 짜놓아져 있었다. 우교가 무너진 후 많은 신자가 사륵교로 개종했다. 그들은 소 모양 도기를 버리고 가방에 양 모양 열쇠고리를 달았다. 백우사로 향했던 발 위에 흰 양털이 소복이 쌓이고, 양털 기름내가 진동했다.

희영은 집에서 며칠이고 울었다. 죽어가는 교주에게서 들은 마지막 유언, 아니 저주를 석구에게 토로하며 불안함을 호소했을 때 석구는 간만에 재밋거리를 찾았다는 표정을 지었다.

“희영아, 말했잖아. 여자는 처신을 잘해야 한다고. 네가 그 사람이랑 친하게 지내지 않았으면 이런 일이 생겼겠어? 이 참에 아예 이사를 가버리자. 네가 아는 사람이 단 한 명도 없는 곳으로.”

석구는 드디어 외출의 이유를 상실한 희영이 반가웠다. 남편이 매일 가슴에 불을 질러주는 덕에 희영은 울음을 참기 위해 자신의 허벅지를 꾹꾹 찌르며 뼈가 녹는 듯한 감각을 버텨야만 했다.

죽은 교주가 소머리 가죽을 쓰고 희영의 꿈에 나와 왜 몰랐느냐며 뿔로 들이받았다. 희영은 꿈속에서 몇 번이고 무릎을 꿇고 눈물로 잘못을 빌었다. 교주와 하나가 된 우신이 희영의 납작한 등을 왼쪽 발굽으로 지르밟았다.

“이제 한 명은 나를 위해 죽어야만 한다. 너는 어리석으니 앞으로 사람을 믿지 말라. 네가 누군가를 믿으면 네 오른편에 선 악신이 다시 너를 도구로 쓰리라. 그러나…….”

희영은 우신에게 묻고 싶었다. 어째서, 그깟 술 좀 마셨다고 교주를 그리 허무하게 죽이느냐고. 평생을 섬기며 살아간 자에게 이리도 가혹한 저주를 내리느냐고. 하지만 우신의 검은 눈이 너무나 깊고 맑아 대적하지 못하리란 생각이 퍼뜩 들었다. 훌쩍거리며 성대를 진동시킬 뿐 말이 될 만한 음성을 뱉질 못했다. 누군가가 목을 부여잡고는 한마디도 떠들지 못하게 방해하는 것 같기도 했다.

결국 모든 건 처신을 잘못한 탓이었다. 까다롭지 못한 천성은 죄악이 됐다. 온몸을 짓누르는 고통을 심장에 각인하며 희영은 자발적으로 속박을 만들었다.

'처신을 잘해야 해, 처신을…….'

희영은 우신의 뒷말을 듣지 못했다. 배를 쓰다듬으니 이 가혹한 가르침을 대물림해야 할 운명의 태동이 느껴졌다.

'처신을 잘하지 않으면 나처럼 돼.'

희영은 뺨을 타고 흐르는 눈물마저 차갑게 느껴질 정도로 홀로 오랫동안 불지옥에서 살았다.

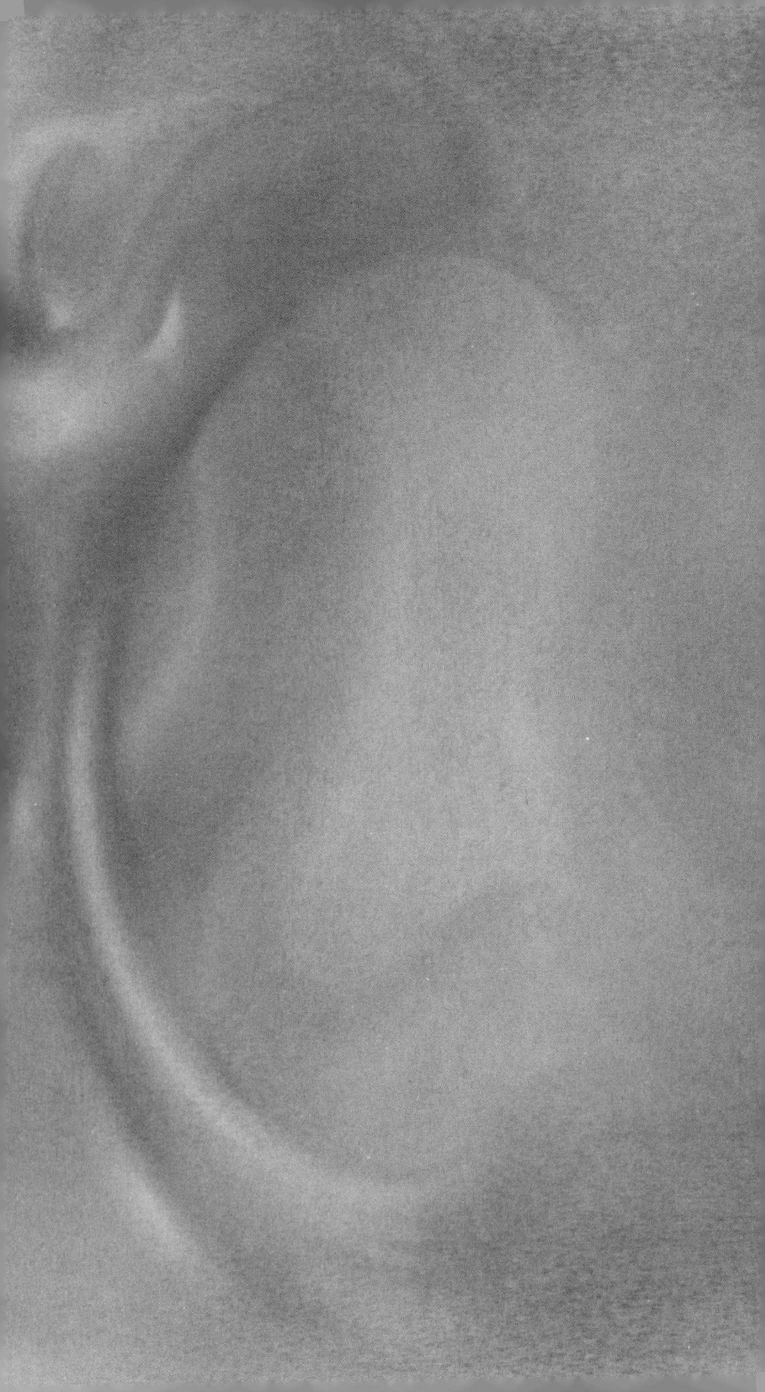

여자아이

[Web발신]

안녕하세요, 김현우입니다.

철학 동아리원들께 부고를 전합니다.

회장 이태석 선배님이 사망하셨습니다. 발인과 장례식장 주소는…….

태석은 동아리 건물의 남자 화장실 천장에 목을 매달았다. 사망 추정 시각은 11시. 유서는 없었으며 평소 의미심장한 암시 또한 없었다. 태석은 건강했다. 경우와 은호처럼. 언제부터 그가 죽음을 선택할 정도로 마음이 지쳤는지 혹은 정체를 알 수 없는 검은 손아귀에 잠식당했는지 누구도 알지 못했다. 아마 영원히 알지 못할 거다.

내게 애정을 표현하진 않았어도 그는 나를 잘 챙겨주었다. 은호의 죽음 전까지만 해도 호의적인 관계였는데, 그게 저주의 씨앗이 됐다. 세계가 점점 나를 향해 전방위적으로 좁혀졌다. 곧 나의 심장도 계절을 잃은 나뭇잎이 밟히듯 무참히 조각나고 말 것이다. 이 공포는 실존한다. 점점 다가오고 있다.

나도 죽을 거다. 죽고 말 거다. 다섯 명의 악신 중 무려 세 명의 연을 끊어냈음에도 불구하고.

태석과 만났던 마지막 날을 떠올렸다. 만약 태석이 11시에 죽었다면 그날 내가 동아리방에서 본 자는 누구란 말인가. 둘 중 하나였다. 나를 미치게 만들기 위해 찾아온 악신. 혹은 나를 구하기 위해 찾아온 수호신.

나는 우바리의 말처럼 그들의 정체를 구분하지 못했다. 구분하기 위해서는 단 한 가지 조건이 필요했다. 태석으로 둔갑했던 미지의 존재가 내게 한 말의 의미를 찾는 것이다.

혹시 설이 모두를 죽인 걸까.

설은 은호의 집을 알고 있었고 태석과도 다투었으며 태석이 죽은 날에는 자신의 집으로 오겠다는 내 말을 거절했다. 하지만 그렇다면 경우의 죽음은? 그때는 설이 나를 알기도 전인데 경우의 죽음이 나를 불행하게 만들 것임은 어떻게 알았지? 이상한 건 또 있다. 오빠는? 오빠를 미치게 만든 건 어떻게 한 거지? 물증이 없었다. 이러면 추격자의 입장에선 불리해진다. '우연한 일입니다' 따위의 면책이 가능해지니까.

설은 더 이상 나의 전화에 응답하지 않았다. 연락을 피하는 것과 연락이 불가한 것은 의외로 쉽게 구분하기가 어렵다. 연락하는 쪽에서는 온갖 억측과 의심을 스노볼처럼 굴려 상대에게 던져버릴 수 있지만, 상대가 불가피한 상황에 처해 답을 못 했을 가능성도 존재한다. 전달받지 않은 상대의 마음은 언제나 슈뢰딩거의 상자 안에 있다. 그 안에 죽은 마음이 있는지, 살아 있는 마음이 있는지는 열기 전까지 절대 알지 못한다. 정보의 부재에서 오는 불안함이 주인을 만난 개처럼 꼬리를 흔들어댔다.

설이 이 모든 상황과 관련 없는 무고한 사람이면

좋겠다. 짧지만 그녀를 알게 된 후 나는 그녀를 같은 인간으로서 좋아했다. 그 호감에는 특별한 이유가 없었다. 뭔가를 감추고 말하지 않는 사람과는 절대로 친구가 될 수 없는데 내 마음의 단면, 알 수 없는 조각 하나가 설을 믿길 원하고 있었다. 나는 도대체 이게 무슨 마음인지 알지 못했다. 어째서 인간에게는 이리도 복잡하고 어려운 감정이 존재하는지.

좋으면 치열하게 좋아하고, 싫으면 치열하게 싫어하고. 그뿐이면 안 되는 건가.

태석의 형상을 한 존재와 설은 반대되는 입장이었다. 만약 그 형상이 수호신이라면 설은 악신의 꼭두각시, 그 형상이 악신이라면 설은 하나뿐인 수호신인 셈이다. 어떻게든 그녀를 만나야만 퍼즐 조각을 하나라도 발견할 것 같은데 도저히 답이 없었다. 이래도 미치고 저래도 미칠 운명이라면 질러보자는 식으로 나는 메시지를 보냈다.

백우사에 찾아가 불을 지르고 우바리를 부수겠어.

그 한마디에 싱거울 만큼 쉽게 설을 만났다.

"진짜 우바리를 부술 생각은 아니지? 절대 그래선 안 돼."

"너한테는 우바리가 제일 소중한가 보구나. 기계 따위와 무슨 연이라도 닿았니? 아무튼 넌 지금 다른 말부터 해야 해."

"말하면 뭐가 달라져? 너도 이제 나를 의심하고 있잖아."

뒤돌아 떠나려는 설의 옷자락을 소심히 쥐었지만 나의 목소리만큼은 소심하지 않았다.

"보통 사람들은 의심받으면 해명을 해. 자기는 의심받을 짓을 하지 않았다고 말이야. 근데 넌 뭐야? 모두 너를 수상쩍게 여기는 거 다 알면서 왜 속 시원히 말하지 않아?"

"넌 더 이상 나를 친구로 생각하지 않아."

"혹시 네가 죽인 거니?"

설이 그제야 관통해 없앨 듯이 나를 똑바로 응시했다. 그 눈빛을 피하면 어떤 대답도 듣지 못할 거란 직감이 들어 나는 마음이 갈대처럼 휘청이는 와중에도 피하지 않았다. 사실은 너에게 아무런 죄가 없기를 진심으로 바라고 있어. 너를 더 이상 의심하고 싶지 않아.

"차설, 정체를 말해."

"우바리가 한 말을 잊지 마. 인간은 단 하나도 제대로 구분할 수 없어."

"너 여태껏 내가 한 질문에 확실하게 답한 적 한 번도 없어. 이제는 좀 해."

"내 대답이 왜 필요한데?"

"왜냐니?"

"대답이 무슨 의미가 있냐고. 내가 어떤 사람이고, 너에게 어떤 존재고, 무슨 일을 했든 그게 네가 품은 의심이랑 다르다면 뭐가 바뀌는데?"

우리 대화는 아무래도 좋게 끝나기 어렵겠지. 나는 설의 가방을 거칠게 잡아당겼다.

"뭐 하는 짓이야?"

"가방 내놔."

"내 가방은 왜?"

"확인할 게 있어."

설의 지갑 안에 분명 학생증이 있을 거다. 태석이 왜 그걸 보라고 했는지는 모르겠지만 일단은 확인해야만 했다. 단서가 있을 테니까. 나를 막으려고 가방의 입구를 부여잡는 몸짓만 봐도 분명했다. 뭔가가 있는 것이다. 우리는 아웅다웅하며 대치하는 상황에 이르렀다.

그때 어디선가 소 울음소리가 들렸다. 도살되기 직전의, 처지고 음울한 울음이 귓구멍을 찢을 듯이 반복됐다. 참을 수 없이 몸 안의 분노가 용솟음쳤다. 가방끈을 내팽개치고 설의 뺨을 후려갈겼다.

"왜 자꾸 뭔가를 숨기는 거야?"

설은 넋이 나간 표정으로 뺨을 부여잡고는 내가 때린 방향 그대로 굳었다. 그녀의 시선이 나와 완전히 틀어졌다.

"네가 다 죽였어? 나를 괴롭히려고 온 다섯 명의 악신이 결국 너야? 그러면 그렇다, 아니면 아니다 말을 해. 왜 똑바로 말해주는 사람이 하나도 없어, 왜!"

설이 느린 속도로 고개를 돌렸다. 그녀의 눈빛은 나와 달리 분노로 탁해지지 않았다. 나는 그 얼굴을 보자마자 증거 없이 윽박지른 일에 미안함을 느꼈다. 설이 만약 잘못이 없다면 지금 내가 한 행동은 굉장히 무례한 짓거리였다.

그리고 나는 아직 뱉은 말만큼 설을 미워하지 못하는 상태였다. 내가 설에게 진짜 하고 싶었던 말은 단지 하나였다.

"네가 내 외로움을 알아준 걸 고마워하고만 싶단 말이야……."

설은 서둘러 가방을 다시 낚아채고는 감정이 말소된 나무 막대처럼 섰다. 내가 가진 양가적인 감정이 그녀에게 모두 닿았을까. 알 수 없었다.

"우바리가 알려준 의식, 앞으로 하지 마. 절대 제구관에 찾아가지도 말고."

설은 그대로 등을 돌리더니 떠나기 전 딱 한마디만 남겼다.

"미안해."

그 사과를 들은 순간 나는 땅굴까지 뚫어버릴, 무서운 속도로 추락하는 듯한 공허를 느꼈다. 사과는 언제나 잘못을 저지른 쪽이 해야 하는데 방금 설의 입에서 사과가 나왔다. 설과 함께했던 모든 순간이 재로 변하여 나부꼈다. 우리가 밝은 눈으로 나눴던 감정들은 아무 가치도 없는 저주일 뿐이었구나.

어째서 인간은 하나의 얼굴만 가진 주제에 양면을 감춰두고 살아가는 걸까. 왜 우리는 보이는 것을 보이는 대로 믿지 못하여 공포에 삼켜지는 걸까. 인간의 밝게 웃는 앞면 너머에는 새까만 뒤통수가 달려 있고 언제나 본질은 그 뒤통수에 봉인돼 있다. 내가 설에게 느낀 인간적 호감과 정은 전부 앞면에 현혹된 마음일 뿐이었다.

설을 믿어선 안 된다. 설이 내게 하는 말은 모두 거짓이리라. 처음부터 전부. 꿈속에 나오는 신이 수호신일지도 모른다는 말까지. 그렇다면 내 꿈에 나오는 소는 역시 악신이었다.

나는 의식을 재개했다. 설이 의식을 하지 말라고 했으니까. 그녀가 나에게 사과를 한 것만으로도 잘못을 저질렀다는 건 증명됐다. 나는 설이 왜 내게 접근했고, 내게 저주가 내려진 건지 이유는 알지 못했다. 단지 그녀를 향한 나의 마음이 그녀의 뒤통수에 닿지 못했다는 게 자존심이 상하여 화가 났다.

사흘에 걸쳐 기도를 올리고 오른쪽 손목을 그었다. 다른 때보다 훨씬 더 섬뜩한 기운이 들어 머뭇거렸다. 하지만 머뭇거림이란 굳세게 다짐하고 난 후의 숨고르기일 뿐, 포기하겠다는 나약함이 아니었다. 나는 여느 때보다도 세게 손목을 그었고 마침내 굵은 피를 흘렸다. 1분 1초마다 손목에 가해지는 통증에 설의 얼굴을 떠올렸다. 내가 얼마나 오래 머뭇거렸든 결국 그녀를 떠올리는 나는 붉고 선명한 피를 흘릴 운명이었다.

이제 남은 악신은 하나. 수호신도 하나. 수는 완전히 동률이 됐다.

그날 꿈에 또 우바리가 나왔다. 내가 흘린 피로 물든 승복을 입고 우바리는 기계와 인간의 중간처럼 서 있었다. 뻣뻣했던 몸체가 유연하게 움직였고, 기계의 외피는 이전보다 훨씬 말캉해 보였다.

“엄마한테서 우교 이야기를 들었어.”

나는 우바리의 얼굴에 덮인 천을 가만히 바라보았다.

“너 혹시 설이니?”

우바리는 말이 없었다. 지난번에 꾼 꿈처럼 내가 천을 들춰버리자 얼굴이 기묘하게 뒤틀리더니 낯선 여자아이의 얼굴로 변했다. 비로소 나는 끔찍한 존재와 마주했다.

이 아이는 누구지.

“네가 나를 괴롭히는구나? 그래봤자 이제 다 끝나가.”

“넌 나를 없앨 수 없어. 넌 내가 누군지 모르니까. 나는 이름이 없거든, 너랑 다르게.”

여자아이가 입을 좌우로 길게 찢으며 킥킥거리더니 흰자위 없이 새까만 안구로 나를 보았다. 나는 침을 꼴딱 삼키고는 오소소 돋아나는 소름을 숨긴 채 아이의 다음 말을 기다렸다.

"넌 네가 왜 저주받았다고 생각해?"

"엄마 때문에."

"너는 죄가 없어?"

"없어."

"원죄가 없는 인간은 없어. 너도 사죄해."

"나는 아무 잘못도 안 했어."

"선과 악은 언제나 함께야. 너라고 다르지 않아."

"내가 왜 이따위 개짓거리를 당해야 해? 그리고 넌 또 누군데? 설이의 또 다른 얼굴이니?"

"나는……."

이 아이의 얼굴을 기억할 필요가 있었다. 어그러진 살가죽이 끔찍했지만 외면하지 않고자 눈을 부릅뜨고 시각 정보를 차곡차곡 적립했다. 구덩이 같은 눈과 반죽 덩어리처럼 뭉쳐진 코, 뻥 뚫린 입, 녹은 귀, 으스러진 턱. 마치 뭔가에 흡수되려다 만, 무의미한 세포조직들로 격하되는 시체의 형상이었다.

"엄마의 저주가 아니야. 나는 네 몫이야."

우바리는 괴성과 함께 얼굴이 삽시간에 다 녹아 버리더니 녹슬어 바스러졌다. 그 뒤에서 하얀 소가 나를 향해 돌진했다. 나는 소뿔에 배를 찔리는 동시에 비명을 지르며 깨어났다. 이부자리가 땀으로 흥건했다.

물을 마시기 위해 거실로 나갔더니 엄마가 새벽부터 분주하게 옷을 갈아입고 있었다.

"일한이 상태가 갑자기 안 좋아졌대."

아빠는 차 키를 챙겨 엄마와 곧장 병원으로 향했다. 입지가 좁아짐에 따라 악신이 기세를 잃지 않기 위해 발악을 하고 있는 거다. 녀석은 지금 오빠를 노리고 있었다. 오빠는 소중한 가족이자, 내가 오랫동안 의지했던 사람인데 이렇게 뺏길 수는 없었다. 악신의 보복을 막아야만 했다.

엄마에게 전화를 걸어 오빠의 상태를 물었다. 오빠는 원인 모를 발작을 일으키며 사경을 헤매는 중이라고 했다. 분명 며칠 전까지만 해도 퇴원을 준비할 정도로 말짱했던 사람인데 뭔가에 씐 듯이 눈동자까지 뒤집어져서는 아무리 봐도 넋이 제대로 붙은 사람 같지 않다고 했다. 엄마의 흐느낌으로 묘사된 오빠의 상태는, 상상하는 것만으로도 끔찍하여 동이 틀 때까지 나를 잠들지 못하게 했다.

나는 죄책감에 병원에 가지 못했다. 행여나 오빠에게 다가가면 우신이 보란 듯이 오빠의 목을 부여잡고 죽일지도 모른다는 생각이 들었다. 대신 하나 남은 악신을 완전히 잘라내기 위해 기도를 반복했다.

목을 긋기 전, 3일째 낮이었다. 오빠가 의식을 완전히 잃어버렸다는 연락이 왔다. 오늘 밤이 지나기 전에 의식이 되돌아오지 않으면 뇌 손상이 심각하여 훗날을 기약할 수 없다는 최후통첩이었다. 휴대폰 너머의 엄마는 거의 혼절 직전이었다.

"이원아, 제구관으로 가서 내가 사죄해야겠어. 아빠한테는 내가 거기에 간다고 절대 말하지 마."

"엄마, 그 제구관을 소개해준 애 말이야. 더 이상 믿으면 안 돼."

"아니야, 뭔가가 있어. 그 제구관, 거기가 사실은 백우사야. 그 여자애가 왜 백우사를 제구관이라고 했는지는 모르겠지만……."

머리를 한 대 얻어맞은 듯했다. 우신을 섬기는 사찰이었던 백우사를 설은 그저 종교 물품을 보관하는 제구관이라 속였다. 현판까지 바꿔치기하면서.

"엄마, 절대로 거기 가지 마. 아무래도 이상해."

"내가 속죄를 해야만 이 저주가 끝나. 내가 처신을 잘못해서……. 그때 교주님을 죽여놓고도 제대로 사죄하지 않고 도망치기만 해서……."

엄마는 동일한 구절을 반복하며 자책을 늘어놨다. 오빠가 깨어나지 못하게끔 짓누르는 소의 발굽이 엄마의 머리 위에도 내려앉은 것 같았다.

"엄마, 일단은 오빠를 보고 있어줘. 그게 우선이야."

두려웠다. 나로 인해 정말로 오빠가 죽으면 어떡하지. 앞으로 더 나쁜 일이 벌어지면 어떡하지. 지금 오빠는 의사의 손으로도 고쳐내지 못할 존재와 싸우고 있는데 나는 의식을 치르는 일 말고는 아무것도 할 수 없었다. 형제의 죽음을 목전에 두고 놈팡이처럼 구는 내가 한심해 속이 쓰렸으나 한 발짝 더 다가가기엔 너무나 겁이 났다.

'매듭이 보여야 풀 수도 있어.'

설이 해줬던 말이 떠올랐다. 나는 설을 믿지 않기로 결심했는데 왜 또 그녀의 말이 머릿속에서 멋대로 울리는 걸까. 소 울음도 따라붙는지 귀를 기울였지만 그대로 끝이었다.

마지막 악신을 끊어낼 기도는 오늘 밤이 돼야만 할 수 있고, 그 전까지 내가 갈 만한 곳은 마치 운명처럼 설과의 인연이 시작됐던 점집뿐이었다. 인간이 아닌 존재를 엿볼 수 있는 자에게 무슨 조언이든 얻고 싶었다.

때마침 왼손을 지나는 서늘한 바람이 느껴졌다.

*

무당이 오늘은 왜 혼자 왔느냐고 묻기에 나는 쓴 혀끝으로 지난번에 해준 수호신과 악신의 이야기를 자세히 듣고 싶다는 고의적 동문서답을 했다.

"결국 믿기로 했나 봐?"

"네, 그날 후에 악신을 끊어내는 의식을 반복했어요. 그런데…… 하나 남은 악신이 너무 강해요. 이상할 만큼."

무당이 지난번에 본 것과 동일한 쌀 주머니를 꺼내 쌀알을 바닥에 뿌렸다. 불안에 떠는 나를 세로로 절단하는 눈빛이 매서웠다. 지난번에는 검은 쌀알이 다섯

개, 흰 쌀알이 한 개였다. 내 예상이 맞다면 이제는 둘 다 한 개씩만 남아야 했다.

차르륵 하는 가벼운 소음을 따라 쌀알이 부채꼴 모양으로 펼쳐졌다. 내 쪽으로 굴러온 건 예상대로 검은 쌀알 하나, 흰 쌀알 하나였다. 천만다행이었다.

"제가 한 의식은 일단 성공했네요."

무당이 내 말에 코웃음을 치더니, 귀신 씐 것 같은 눈을 희번덕하게 뜨며 호통쳤다.

"이 어리석은 것아, 네가 끊은 것은 수호신과의 연이다."

나는 검은 쌀알을 손가락으로 가리켰다. 내가 색약도 아니고 남은 두 개의 쌀알 중 분명 검은 것은 하나뿐이었다. 아무리 봐도 그랬다.

"악몽에 나오는 소가 흰색이라고 하지 않았어?"

저주가 시작된 후, 내 악몽 속에 나왔던 소. 그것은 분명 흰색이었다. 설은 그 소가 수호신일지도 모른다고 했지만 나는 일련의 사건 후 악신으로 판가름했다. 그렇다면 그와 반대되는 색인 검은 것이 나의 수호신이었단 말인가. 하지만 우바리는 분명 신과의 연을 끊는 의식이라고 알려줬는데…….

아.

그래서 우바리는 계속 말했던 건가. 인간은 수호신과 악신을 구분할 수가 없다고.

"등 뒤에 선신이 다섯이나 붙었기에 집안에 커다란 화가 있겠구나 싶었는데, 그걸 잘도 끊어냈구나."

"그럴 리가……."

"악신이 다섯이고 수호신이 하나였다면 진작 너부터 죽었겠지 이 멍청한 것아. 네 가족이 만든 큰 악신으로부터 너를 지키기 위해 선신이 오십 손가락으로 애를 썼건만."

머리가 핑 돌고 앞이 뿌옇게 흐려졌다. 감각이 퇴보하여 보고 있는 것도 또렷하지 않고, 무당의 호통도 안개처럼 분산돼 다가왔다.

내가 끊은 것이 수호신과의 연이라니. 그럴 리가. 나는 많은 밤 동안 도대체 무슨 짓을…….

무당은 쌀알을 정리하는 와중에도 끊임없이 혀를 찼다.

"서둘러 속죄해. 이제 네게 남은 선신은 악신을 못 이긴다."

"애초에 수호신만 있으면 되는데 왜 악신 따위가

있는 거예요? 내가 뭘 잘못했다고…….”

“신과의 천륜을 끊은 주제에 가호를 바라? 수호신이든 악신이든 하나라도 믿으면 남은 한쪽도 자연히 따라오는 걸 왜 모를까. 그림자 없는 빛은 없는데.”

무당은 점 삯을 받지 않겠다고 했다. 받으면 오히려 화를 입을 것 같다며. 나를 집에 들이면 재수가 없어지는, 버려진 인형 따위로 취급했다. 무당이 마른 입술의 껍질을 뜯으며 훈계했다.

“저지르지 않은 죄까지 속죄하는 일은 보이지 않는 면까지 굽어살피겠다는 헌신이다. 신은 스스로 헌신하는 자를 사랑하지. 그러니 사는 동안 반성과 속죄를 이어가는 일은 선신이 너에게 손을 내밀어 가호할 명분을 주는 일, 결국 가장 완벽한 믿음이다. 그러나 사람은 저지르지 않은 일은 사과할 수 없다 하고, 확실히 저지른 죄조차도 부정하는데 어찌 선신이 힘을 쓸 명분이 있겠어? 그 텅 빈 왼손을 봐라, 핑계만 가득하지. 인간들은 그렇게 멸망해왔어. 스스로 선신과의 인연을 싹둑싹둑 끊어왔으면서 이 세계가 구원해주지 않는다고 헛소리를 해. 정작 단 한 번도 무언가를 진심으로 믿어본 적도, 사랑한 적도 없으면서.”

오늘 이딴 말이나 듣자고 여길 온 게 아니었다. 탁상을 몽땅 엎어버리고 미친 소처럼 화를 냈다. 이마 양쪽이 가려웠다. 여자는 두려움 없는 강한 눈으로 시선을 피하지 않았다.

"저주란, 그런 주제에 선신을 바라는 교만한 마음 사이에 늘 깃든다."

나는 멱을 따기 직전의 돼지처럼 소리를 꿱꿱 내지르고는 달아나버렸다.

*

믿지 말았어야 했다.

그저 신이란 건 처음부터 없었던 것처럼, 수호신이든 악신이든 이 세상에 믿을 것은 오직 나뿐이라는 마음가짐으로 살아야 했다.

자포자기한 마음으로 병실에 혼자 누워 있는 오빠를 찾았다. 만약 아무것도 믿지 않고, 아무 일도 하지 않았더라면 적어도 오빠만큼은 다치지 않았을지도 모른다. 아무리 커다란 악신이 나를 괴롭힌다고 해도 곁에서 왼손을 잡아주고 있었을 다섯 명의 수호신이 안간힘을 써서 막아줬으리라. 그런데 나는 어리석어서 설과 우바리를 믿어버렸다. 이제는 돌이킬 수 없다. 오른손이 전기에 감전된 듯이 저릿저릿했다.

믿음의 대가인가? 아니면 불신의 업보인가?

오빠의 산소호흡기가 비뚤어지지 않게 위치를 바로 잡아주는 일 말고는 아무런 도움이 되지 못했다. 분명 오빠는 눈을 감고 있는데, 머릿속에서 의식이 돌아온 오빠가 내게 괜찮으니 집으로 돌아가라 말하는 장면이 보였다. 입 위에 얹어진 마스크가 지나친 의료 처치라는 듯 웃음을 보이고는 오빠의 환상은 사라졌다. 나는 오빠의 손을 잡고 미안하다고 사과하려다 왠지 말이 나오지 않아 흐느끼기만 했다.

정말 나의 잘못인가? 무당의 말처럼 진정한 속죄가 눈에 보이는 죄마저 초월하려는 마음이라면 간단한 확신 정도는 줘야 했다. 내가 정말로 뭔가를 사죄한다면 이 상황이 좋게 바뀔 거라는 확신 말이다. 나아지리라는 보장 없이 고개를 숙이라 윽박만 지르니 필적하지 못할 상대를 향한 미지의 공포와 불안 그리고 그만큼의 반감이 부풀었다.

오빠의 상태를 보기 위해 아빠는 회사에 들렀다

가 오후 반차를 쓰고 다시 병원에 왔다. 밖이 더울 리가 없는데도 그의 셔츠 등판이 축축이 젖어 있었다. 그는 소맷단으로 이마를 연거푸 닦았다.

“네 엄마는?”

“몰라요.”

그러고 보니 병실에 도착한 지도 한참인데 엄마를 보지 못했다.

“일한이 상태가 이런데 어디를 갔어?”

분명 내가 본 적 없는 장면이 퍼뜩 머리를 스쳤다. 귀신에 씐 듯이 어디론가 급히 달려가는 엄마의 뒷모습. 좋지 않은 예감이 들었다.

나는 황망하게 가방을 챙겨 곧장 병실 문을 열었다. 아빠가 급히 팔목을 낚아챘다.

“너는 또 어디 가?”

“가야 할 곳이 있어요.”

“어디 가냐고 묻잖아.”

“알 거 없어요.”

“너희 모녀는 하나같이 나를 무시하는구나. 평생을 그랬어. 늘 내게 뭔가를 숨기고 나를 미치게 만들어.”

“아, 몰라요. 알 거 없다고 했잖아요!”

당신은 알아봤자 제동만 걸 사람이지 도움이 못 돼. 따지고 보면 엄마에게 나쁜 암시를 걸어 종교를 믿게 만든 뿌리는 이 남자가 만들었다. 나는 반시계 방향으로 팔을 크게 꺾어 아빠의 손을 뿌리치고 그길로 곧장 서울역으로 향했다.

바깥은 완연한 겨울이었다. 그런데도 온 힘을 다해 달려가는 동안 땀이 비처럼 쏟아졌다. 아빠도 오빠를 보기 위해 이 정도로 달렸던 걸까.

*

KTX를 타고 가는 동안 엄마에게 연락했지만 받질 않았다. 혼자 그곳에서 무엇을 할지 예상되지 않았고, 나에게 죽음의 의식을 가르쳐준 우바리가 행여나 엄마에게도 지옥을 심을까 봐 걱정이 폭증했다. 죽은 사람처럼 몸을 둥글게 만 채 손으로 양쪽 옆통수를 벅벅 긁었다. 무언가가 돋아나는 듯한 생경한 감각에 좌석 선반에 필사적으로 머리를 찧었다. 옆 사람이 기함하더니 승무원을 불러 나를 저지했다. 나는 힘이 빠질 대로 빠져 뜨거운 물에 데친 시금치처럼 선반 위에 엎드렸다.

창 너머로는 쏜살같이 뒤로 달아나는 초원이 보였다. 머리를 찧었더니 정신이 아득해져 마치 내가 달리고 있다는 착각이 들었다. 달팽이관이 멋대로 팽그르르 돌아 매혹적인 감각 이상을 선사했다. 울타리를 벗어난 하얀 소처럼 발을 굴렀다. 달리는 기분이 좋았다.

황홀경에 종지부를 찍은 건 아빠의 문자 한 통이었다.

너희 엄마가 또 남자랑 있다는 연락을 받았어.

혈관에 구더기가 들어차는 역겨운 느낌. 나는 유리에 갇힌 푸른 초원을 향해 휴대폰을 집어 던졌다.

*

제구관에 도착하니 이미 온몸이 땀으로 절여졌다. 끈끈히 살갗에 달라붙는 티셔츠를 양손으로 잡아 늘이며 열린 문 앞에 서자 절규하듯 용서를 구하는 엄마의 목소리가 들렸다. 누군가 칼로 목을 겨누고 있기라도 한 것처럼 단어마다 처절하게 음성이 갈라졌다. 조각조각

부서지는 사죄를 뚫고 나는 제구관의 문턱을 넘었다. 엄마가 속죄하고 있는 대상은 다름 아닌 우바리였다.

"엄마, 정신 차려. 이거 사람 아니야."

"죄송합니다. 죄송합니다. 죄송합니다."

"제발……."

전원이 켜져 있던 우바리는 대답 없이 천을 둘러쓴 상태로 엄마를 향해 몸의 각도를 틀었다. 나는 그 기계를 왼팔로 밀쳐내고 엄마의 어깨를 잡아 일으켰다. 엄마는 손길을 거부했다. 영혼을 내다 버린 사람처럼 공허한 눈으로 사죄를 반복했다. 아무리 몸을 흔들어도 멈추지 않았다.

"저 깡통은 엄마가 죽인 여자가 아니야!"

그제야 정신이 든 엄마가 구멍처럼 휑하게 뚫린 얼굴에 힘을 줬다. 눈동자의 경계를 따라 선홍색 실핏줄이 발딱 서는 게 보였다.

"내가 안 죽였어."

"정신이 좀 들어?"

"내가 안 죽였어. 나도 속은 것뿐이야!"

엄마가 이번에는 나의 어깨를 부여잡고 미친 사람처럼 바락바락 소리를 질렀다. 20년 전, 교주가 죽은 날부터 지금까지 해소되지 못한 채로 결절이 된 엄마의 응어리가 시간의 막을 뚫고 처음으로 세상에 나온 것이다. 그간 반복되는 악몽에 지쳐버린 엄마는 이제야 한을 피처럼 토했다. 나는 그런 그녀의 상체를 끌어안아 정신을 차리라고 다그쳤다.

"신도들이여, 돌아오셨습니까."

엄마는 우바리의 음성을 듣고 오빠를 살려달라며 짐승처럼 울부짖었다. 나는 엄마를 강제로 정자에 앉힌 다음 우바리가 내게 알려준 의식이 모두 거짓임을 알렸다. 엄마의 말대로 처음부터 아무것도 믿지 말았어야 했다고, 저 기계가 우리를 저주하고 있으니 부디 저 녀석에게만큼은 사죄하지 말라 부탁했다.

"엄마, 언제는 나한테 여기 찾아오지 말고 믿지도 말라 했잖아. 그런데 엄마가 이렇게 약해지면 어떡해? 더 이상 사과하지 마."

"내가 틀렸어. 사과는 구걸처럼 해야 해. 모든 걸 내던져야만 상대가 들어준다고……. 내가 잘못했든 안 했든."

엄마는 무당과 비슷한 이야기를 했다. 신을 깊게 믿는 사람들은 하나같이 미치광이인 걸까. 엄마는 몸에 힘이 다 빠져버렸는지 더 이상 땅에 엎드리지 않았다. 나는 붉은 천을 쓴 우바리를 향해 성큼 다가갔다. 기계는 나의 동작을 인식하고 세 걸음 뒤로 물러났다.

"나한테 한 짓 다 알아, 개자식아."

"저는 당신에게 신과 인연을 끊는 의식을 알려드렸습니다. 당신이 요청했지요."

"그게 수호신과의 연을 끊는다는 걸 다 안다고!"

"저는 단 한 차례도 거짓을 말한 적이 없습니다."

"변명하려거든 성의 있게 해."

"인간이 거짓말하는 법을 가르쳐준 적이 없는데 제가 어찌 거짓을 말할 수 있겠습니까?"

나는 우바리의 뻔뻔한 태도에 살의를 느꼈다.

"하나만 묻자. 다른 신도들에게도 이딴 의식을 알려줬니?"

"아닙니다. 저는 당신의 어머니와 인연이 있고, 당신들을 만나기 위해 태어났으니까요."

우바리가 우리를 향해 두 팔을 뻗었다. 붉은 승복의 소맷자락이 바람에 나부꼈고, 순간 녀석이 기계가 아닌 한 맺힌 사람으로 느껴져 소름이 돋았다.

"넌 대체 누구야?"

"우교의 마지막 교주입니다."

그때 갑자기 엄마가 우바리의 승복 바짓가랑이를 붙잡고 어째서 자신이 아닌 아들을 죽이려 하냐며 대기를 찢을 기세로 고함쳤다. 저릿한 오른손의 통증은 가시질 않았다. 나는 그런 엄마를 감싸고 함께 절규했다.

"우교는 이미 사라졌잖아! 대체 왜 나를 괴롭혀!"

"두 가지 점이 틀렸습니다. 첫째, 한 사람이라도 믿음을 잃지 않는 이상 종교는 사라지지 않습니다. 둘째, 저는 당신을 괴롭힌 적이 없습니다."

"의식을 치르면 수호신과의 연이 끊길 줄 알고 있었지, 너는?"

"알고 있었습니다."

"그게 네가 나를 괴롭혔다는 증거야!"

우바리는 행간의 짧은 침묵을 유지하고는 저녁노을에 불어오는 바람처럼 나긋나긋한 목소리로 대답했다.

"저는 AI이기에 선악을 고지하지 않습니다. 수호신과 악신을 모두 '신'으로 여기는 나의 행위는 잘못되지 않았습니다."

"뻔뻔한 소리 좀 그만……."

"반복하여 말합니다. 선악 판단을 하지 않으므로 나는 지상에서 가장 안전한 선언자입니다. 당신의 판단에 근거를 제공하지 않고 믿음에도 관여하지 않기 때문입니다. 또한 나에게는 선악을 향한 의지가 없으므로 선악을 표하지도 않습니다. 당신이 나의 말을 믿어도 되는 까닭이며 나는 AI로 재탄생한 교주일 뿐입니다."

"잠깐, 너는 원래 AI가 아니었단 거야?"

"저는 제 신분을 이미 말했습니다."

그때 엄마가 자리에서 벌떡 일어나더니 손으로 입을 틀어막았다. 우바리는 분명 자신이 우교의 마지막 교주라고 말했다. 하지만 교주의 맥은 엄마가 사륵교의 영력주를 먹인 후 끊기질 않았던가.

"저는 우교를 지키고자 했던 친족에 의해 보존됐습니다. 믿음은 마음에 있지만 그 믿음을 가능케 하는 진리는 머리에 있으니 제 지식과 기억들이 기계로 옮겨졌습니다. 필멸자는 아무리 우신을 섬겨도 죽음이라는 단순 한계를 초월하지 못합니다. 우교의 의지를 잇기 위해 친족은 죽음의 개념이 없는 개체를 떠올려야만 했습니다. 그리하여 저는 종을 바꿨습니다. 인간이 아닌 그릇으로 환생한 일은 교주로서 감내해야 할 시련이며 이

마저도 우신이 선사한 고행입니다. 가장 미천한 바닥에서부터 피어나 비로소 연꽃이 된 우바리처럼, 저라는 존재는 인간과 인간이 만든 선악에서 탈피하여 새로운 개체로 탈바꿈했습니다."

엄마가 한 걸음씩 앞으로 내디뎌 우바리에게 다가갔다. 붉은 천에 감춰진 우바리의 얼굴은 여전히 보이지 않았고 엄마는 그 천 너머, 오래전 두고 온 교주와의 추억을 복기했다.

"정말…… 그때의 교주님입니까?"

"그때의 기억을 가진 다른 존재입니다."

엄마가 우바리의 차가운 두 손을 맞잡고 고개를 숙이며 사과가 늦어 미안하다고 빌었다.

우바리는 또다시 행간 사이에 바람이 들이차는 침묵이라는 문을 열어놓고는 숲 내음이 우리의 적막을 채우는 동안 움직이지 않았다. 나는 이 기괴한 꼴을 눈뜨고 볼 수가 없어 엄마와 우바리를 강제로 떼어놓았다.

"사과하지 마! 이 기계는 복수를 하기 위해 나에게 저주를 걸었어. 이 기계가 가르쳐준 의식 때문에 오빠가, 오빠가……."

엄마는 우바리와 떨어져서는 불안한 얼굴로 기

계에게 되물었다.

"어째서 내가 아닌 자식을 괴롭히는 거예요?"

우바리는 오늘 중 처음으로 엄마의 말에 침묵 없이 대답했다.

"비인간으로 재탄생한 제가 인간인 당신을 괴롭히는 건 불가능합니다. 또한 저는 당신에게 복수하길 바란 적이 없으며 아들을 죽일 능력 또한 없습니다. 저주 역시 '악'이라는 관념적 가치가 깃든 것이므로 행하지 못합니다. 제가 죽은 뒤 신이 당신의 꿈에 나타나 언제나 혼자가 아님을 잊지 말라 말해주었지만 당신은 그 말만큼은 평생을 잊고 살더군요. 마치 듣지도 못한 것처럼."

이해가 어려운 말이었다. 다만 한 가지 내게 전달된 점은 우바리가 교주의 뇌 데이터를 갖고 만들어진 기계라 할지라도 엄마를 원망하지는 않았다는 것이다. 그것이 인간이었던 교주의 마음인지, 기계로 재탄생한 우바리의 존재적 한계인지는 구분이 불가했다.

그렇다면 우바리는, 엄마와 내게 얽힌 저주를 증폭한 적이 없다는 의미로 해석이 가능했다. 정말로 우바리는 AI가 가진 가치판단의 한계로 인해 '신을 끊어내는 의식'만 내게 알려줬을 뿐이다. 만약 우리가 만나지 않았다면 우바리도 내게 그 의식을 설명하지 못했을 것이다. 또한 수호신을 끊어내지 않았다면, 내가 경험한 연쇄적인 불행은 없던 일이 될 수도 있었다. 첫 시작이었던 경우의 죽음은 정말로 우연이어서, 그의 팔자일 뿐 저주가 아닌 사적인 비극으로 끝이 날 수도 있었다.

결국 AI는 이 끈질긴 고리에 개입 의사가 없었다. 복수를 다짐한 적 없는 기계와 그 기계의 말에서 선악을 분간하려고 했던 인간이 조우한 탓에 벌어진 비극이었을 뿐이다.

이종의 존재를 마주하게 한 사람. 그자가 모든 악의 온상이었다. 그자는…… 창고의 문을 열며 나타났다.

"오지 말라고 했잖아."

못 본 사이 설은 달라져 있었다. 목선이 훤히 드러날 만큼 머리는 짧게 잘랐고 옷차림새도 후줄근한 티셔츠에 품이 넓은 청바지를 입었다. 모호한 느낌이 더욱 강해져 그녀가 가진 천연의 신비로움은 짙어졌다. 인간에서 AI로 종이 바뀐 교주처럼 눈앞에 설도 내가 모르는 새로운 종으로 변화한 것만 같았다.

"오늘을 만든 건 우바리가 아니라 나야."

나는 창고의 문턱 위에 선 설을 향해 다가갔다. 자석에 끌리듯 그녀를 보자마자 붙잡아야 한다는 생각이 들었다. 그녀가 내 인생에 불쑥 찾아온 나쁜 존재임을 알면서도.

우리 세계에서는 나쁜 것들의 인력이 훨씬 강하니까.

“네가 나를 불행하게 만들었구나.”

“맞아, 내가 겪은 상실을 선물해주고 싶었거든. 하지만 오빠가 있는 걸 일찍 알았다면 난 그 사람에게 접근했을 거야. 네가 여기에 오지 않길 바랐는데 넌 오고야 말았네…….”

산꼭대기에서 구름을 머금은 바람이 하강했다. 그 바람에는 지난날, 동아리방에서 태석의 형상을 한 어떤 존재의 목소리가 묻어 있었다. 이 무수하고 빼곡한 불신의 숲에서 유일하게 형체를 드러내는 나무를 찾아야 했다.

설과 말을 더 섞지 않고 그녀의 가방을 뺏었다. 우바리가 내 손을 잡아 저지하려 했다. 제구관에 존재하는 것이란, 나의 앞날에 하등 도움이 안 되는 것뿐이란 생각에 화가 솟구쳤다. 참지 못하고 우바리를 발로 차

쓰러뜨렸다.

"무슨 짓이야!"

설이 크게 당황하여 쓰러진 우바리의 상체를 감싸 보호했다. 얼굴에 덮인 붉은 천이 아슬아슬하게 자리를 지키는 중이었다. 나는 그런 설을 차갑게 내려다보았다. 그녀는 이제 더 이상 내가 알던 여자가 아니었다.

"너랑 이 기계는 도대체 무슨 관계야?"

틈을 타 곧장 설의 가방을 뒤져 지갑을 찾았다. 거기에 있던 학생증을 꺼내어 확인했다. 학교, 학과, 얼굴. 내가 알던 모든 것에 거짓이 없었다.

딱 하나, 학번이 달랐다.

분명 나와 같은 학년에 같은 학번이어야만 했다. 내가 아는 스무 살의 설은 그랬다. 그런데 학생증에 찍힌 숫자는 나보다 일곱 학번이나 높았다. 이게 태석이 확인하라던 단서였다. 스물일곱. 설이 풍기던 어른스러운 분위기는 단순한 이질감이 아니라 진실 자체였다.

복잡한 마음으로 설을 다시 눈에 담았을 때 엄마가 과거를 회상하며 했던 말이 떠올랐다. 우교를 믿는 자들은 7년을 어려질 수 있다던.

우바리를 일으킨 설이 내가 아닌 엄마의 손을 끌

고 어디론가 향했다. 나는 그녀를 말리기 위해 뒤쫓아 가려 했으나 갑자기 하늘에서 소낙비가 쏟아졌다. 앞서 간 두 여자는 비에도 아랑곳하지 않고 걸음을 반복했다. 나는 창고 구석에서 우산 하나를 급하게 집어 둘을 뒤쫓았다.

말소리가 들려왔다.

"당신의 죄는 단 하나예요. 나를 처음 봤을 때, 기억 속의 어머니를 잠깐 잊었다는 것."

창고를 빙 둘러 돌아가자 뒤편에는 엄마의 이야기에서 들었던 절벽이 있었다. 높이가 매우 높고 아래에 등산로가 없어 떨어진다면 도움을 구하기가 어려웠다. 엄마는 넋이 나간 듯이 설과 마주 본 채로 절벽 끝에 섰다. 비가 억수같이 퍼붓는 탓에 눈가에도 물이 자꾸 튀어 시야 확보가 어려웠다.

엄마는 설의 두 손을 붙잡고 고개를 거듭 저으며 미안하단 말을 반복했다. 설이 엄마에게 무슨 짓을 할지 모르니 당장 엄마를 데려와야 했다. 그러나 나의 발걸음은 우바리에 의해 저지당했다.

"왜 막아? 복수할 생각 없다며!"

"설도 그녀에게 복수하지 않습니다. 당신 어머니

의 사죄를 허락할 뿐입니다."

우바리는 차분한 목소리로 설명했다.

교주가 인간이었던 시절, 남편 없이 홀로 키우던 일곱 살배기 자식이 있었다. 우교를 상징하는 교주가 과부라는 사실이 알려지면 신도들로부터 박해를 받을까 봐 두려워한 친족들은 딸을 숨겨 키우라 지시했다. 친족들 또한 교주처럼 우신을 진심으로 섬겼지만, 그 믿음만큼이나 매월 적립되는 기부금을 향한 탐욕이 강했다.

'교주는 처신을 잘해야 한단다.'

교주는 친족들의 강요로 인해 어쩔 수 없이 딸을 숨겼다. 하지만 오래 감춘 비밀일수록 활화산처럼 깊은 곳에 커다란 폭발욕을 숨겨두므로, 언젠가 딸의 존재를 세상에 드러낼 수 있기를 바랐다. 엄마는 자유를 향한 교주의 갈망이 정점을 찍던 나날 중에 신도로 찾아왔다. 엄마의 배에 딸이 잉태되었음을 알게 된 후 교주는 동질감을 느꼈다. 언젠가 신도로서가 아닌, 우교 아래 연을 맺은 자매로서 속 시원히 사정을 털어놓을 수 있길 바랐다. 그러나 그 바람은 끝내 매듭을 만들지 못한 상태로 끊어졌다.

"설은 저의 한을 풀어주기 위해 당신을 찾았을

겁니다. 선악을 선언하지 못하는 저는 그녀의 행동이 악하다 말할 수 없으므로 말릴 수도 없었습니다."

"설이 진정으로 원하는 게 뭔데?"

"제게 말한 적이 없습니다. 확실한 건 그녀는 희영과 당신에게 적의가 없습니다."

설은 모친을 죽인 나의 엄마를 이곳까지 데려오기 위해 나를 이용했다. 여기까지가 내 추측이었다. 하지만 우바리는 설이 우리에게 복수하지는 않을 거라고 말했다. 우바리가 전해주는 정보는 언제나 반쪽이어서, 완전한 값을 얻기 위해서는 어둠 속에 숨어 있는 나머지 절반이 필요했다.

"당신이 겪은 죽음들은 설이 한 일일 수도 있고 아닐 수도 있습니다. 설의 의지와 상관없이 당신에게는 태어날 때부터 머리가 둘인 악신이 함께였기 때문입니다."

그 말은 언젠가 아빠가 한 말이었다.

절벽에서 떨어진 교주가 엄마에게 건넨 첫 번째 저주이자 나도 모르는 사이에 나와 함께 태어난 암시. 머리가 둘 달린 악신이라니. 꿈속에서 본 형상들이 떠올랐다. 소와 처음 보는 기이한 여자아이.

소나기가 제법 길게 내리는 중이었다. 무리를 지은 먹구름이 제구관 위를 지나고 있으므로 머지않아 그치리라. 설과 마주하여 과거로 이끌려 간 엄마의 마음이 부디 감기에 걸리지 않기를 바랐다. 이 비가 그치면, 홀딱 맞은 비에도 개운함을 느끼고 돌아오기를. 당신이 진실로 사죄를 바란다면, 원 없이 하고 용서까지 받기를.

"희영아."

그때 뒤에서 여자의 것이 아닌 목소리가 들려 나는 반사적으로 고개를 돌렸다.

"너는 역시나……."

검은 우산을 든 아빠가 있었다. 멍한 눈빛으로.

"아빠가 여긴 어떻게 왔어요? 병원에 있어야죠."

"닥쳐."

"엄마랑 저는 확인할 게 있어서 왔어요. 금방 정리해서 다시 서울로……."

"닥치라고!"

자꾸만 끼어들려는 내게 아빠가 천둥 같은 호통을 내렸다. 아빠의 얼굴은, 그가 가정에서 즐겨 보여주던 원망과 분노로 못나게 얼룩졌다. 고양이의 눈처럼 수축해버린 동공에는 평상시엔 없었던 살의가 섞여 있었다. 나는 원초적인 공포를 느끼고 한 걸음 물러났다.

아빠는 들고 있던 우산까지 내팽개치고선 나의 멱살을 콱 움켜잡았다. 나는 온몸에 힘이 풀려 그만 우산을 놓쳐버렸다.

"그 엄마에 그 딸이라더니. 네 엄마의 외도를 여태껏 눈감아줬구나!"

"외도라뇨?"

"몇 년이나 나를 속인 거야? 서울로 떠났는데도 계속 이곳에서 그놈을 만나고 있었어. 잊지도 못하고 그놈을……. 네 엄마는 정말 단 한 순간도 나를 사랑한 적이……."

아빠의 감정은 제 발로 뚜벅뚜벅 걸어가 늪에 잠기는 중이었다. 그 늪 아래에 음습하고 불길한 기운이 잔뜩 도사리고 있는 것이 보였기에 아빠를 말려야 했지만, 그가 빗속에서도 눈 한번 깜빡이지 않고 나를 노려보는 모습에 겁을 먹고 아무 말도 하지 못했다. 무력한 나를 확인하더니 아빠는 잔챙이와는 상대하지 않는다는 듯 움켜잡은 옷깃을 뒤로 팍 밀쳐버렸다.

우바리는 내가 넘어지지 않게 몸을 감싸 보호했다. 아주 작은 목소리로, 때가 왔다고 속삭이는 것이 들렸다.

아빠의 눈이 오직 한 사람만 바라보았다. 그 대상은 설이었다.

"분명히 죽였다고 생각했는데……."

정수리부터 발끝까지 흠뻑 젖은 설 또한 아빠의 시선을 외면하지 않았다. 정글에서 마주한 사자와 호랑이처럼 맹수로 변한 두 사람은 서로를 두려워하기보다 빈틈이 보이는 순간 목덜미를 물기 위해 준비하는 것 같았다. 설의 공격적인 눈빛을 확인한 엄마는 아빠에게 뭐라 설명하며 급히 입을 움직였다. 아마도 '당신이 생각하는 그런 게 아니야' 따위의 문장 같았다.

"개자식."

아빠가 설에게 달려갔다. 아빠는 지금 누구를 보고 있는 걸까. 여자로도, 남자로도, 스무 살로도, 스물일곱 살로도, 혹은 또 다른 어떤 것으로도 보이지 않는, 수많은 존재가 깃든 그릇 같은 인간과 아빠의 몸이 뒤엉켰다.

내가 말리려 하자 우바리가 나를 감쌌다.

"지금 가면 모든 일이 끝을 맺지 못하고 반복됩니다."

"설이 위험해요. 아빠가 뭔가 오해하고 있다고요!"

"그 오해야말로 그의 업보이자 우리의 한을 푸는 마지막 열쇠입니다."

"무슨 소리예요?"

우바리가 말했다.

"당신은 저를 믿습니까?"

20년 전, 술에 취해 백우사 뒷마당에서 바람을 쐬던 교주는 한 남자와 마주했다. 그는 신도가 아니었으며 가입을 위해 방문한 상담자도 아니었다. 아침 일찍부터 꺼내 입었는지 각이 흐물흐물해진 양복 차림의 남자는 서류 가방을 꼭 쥔 채로 교주에게 다가갔다. 남자에게 주어진 단서는 한정적이었다. 물소리와 희영의 콧노래가 샤워실 창문을 통해 뒷마당까지 들려왔다. 눈앞에는 살결이 희고 맑아 누구나 한 번쯤은 안아보고 싶어 할 묘한 존재가 취기에 딸꾹질을 반복하는 중이었다.

남자의 오른편에 선, 그와 태생부터 함께한 보이지 않는 벗이 그의 불안을 살살 긁었다. 남자는 눈앞에 선 교주를 제대로 인지하지 못했다. 대신 확신했다. 아내가 담금주를 선물한 눈앞의 저 인간이야말로 그의 사랑을 늘 불안하게 만든 온상이자 아내에게 보여줄 최고의 본보기라는 것을. 남자는 몸싸움 끝에 교주를 절벽 아래로 밀어버렸다.

그리고 지금, 그 남자는 교주를 똑 빼닮은 인간을 바라보며 과거의 일을 재현하려 했다. 엄마가 말리려 했지만 설은 오히려 엄마에게 다가오지 말라 소리쳤다.

"20년 동안 내 와이프랑 잘도 놀아났구나. 그 썩지 않는 귀신같은 얼굴을 하고서."

"맞아요, 내가 당신을 불렀어요. 마지막 기회를 주려고요."

아빠가 설의 양쪽 옷깃을 꽉 쥐고 죽일 듯이 흔들었다. 내 앞에서 한 번도 힘을 과시한 적 없던 설 역시 밀리지 않고 아빠의 어깨를 쥐고서는 대치했다. 설이라고 믿기 힘든 낮고 굵은 음성이 들렸다.

"당신은 여기서 사람을 죽였죠?"

아빠의 눈이 흔들렸다. 우바리는 조금 있으면 모든 게 끝나니 걱정하지 말라 나를 타일렀다. 심장이 가쁘게 뛰었다. 불안했다. 이건…… 좋지 않은 전조였다.

"지금 당신이 해야 할 말은 무엇인가요?"

나는 아빠가 해야 할 말을 잘 선택하길 바랐다. 부디 그에게도 존재할 왼편의 신이 어리석은 그를 가호하고 생을 부지할 수 있도록 도와주길.

비가 세차게 쏟아졌다. 빗소리는 모든 숨소리를 덮었다. 자연에 대들지 않으려는 우리의 침묵을 끊고 아빠가 대답했다.

"너도 죽여버릴 거야!"

내가 탄식을 뱉기도 전에 둘은 송곳니를 드러내며 힘으로 서로를 제압하려 했다. 마치 누군가가 힘을 보태주는 듯 장사처럼 아빠를 포박한 설은 오히려 홀가분한 표정으로 벼랑 밑을 내려다보았다. 그러고는 고개를 꺾어 나에게 인사를 남겼다.

"아주 잠깐이라도 믿어줘서 고마웠어."

난잡하게 신체가 뒤엉키더니 둘은 동시에 중심을 잃고 벼랑 밑으로 떨어졌다. 말려보려는 제스처를 취하기도 전에 일어난 일이었다.

쿵.

엄마가 얼굴을 길게 늘어뜨리며 절규와 함께 벼랑 아래를 내려다보았다. 나는 다리에 힘이 풀려 주저앉았다. 절벽 아래를 보지 않아도 엄마의 눈물만으로 모든 걸 알 수 있었다. 아마 아빠는, 눈동자 위로 비가 쏟아져도 눈을 감지 못할 것이다. 하지만 설은 드디어 눈을 감았으리라.

먹구름이 제 발로 제구관 위를 지나갔다. 비가 떠난 자리에 산들바람이 불어오니 우바리가 쓴 붉은 천이 벗겨졌다.

"알고 있습니까? 희영이 잉태했던 자녀는 쌍둥이였지만 당신만 태어났다는 사실을."

우바리는 전력이 고갈돼 자동으로 멈추었다. 뒤늦게 알게 됐는데, 창고에는 애초에 전기선이 없었다.

나는 천이 모두 벗겨진 우바리의 진짜 얼굴을 보았다. 놀랍지 않았다. 내가 본 형상은 ……이었으니까.

*

아빠의 죽음과 오빠의 회복은 동시에 이뤄졌다. 아빠가 추락한 직후에 병원으로부터 오빠가 기적처럼 의식을 되찾고 안정 중이라는 소식이 도착했다. 아마도 우신이 나와 엄마에게 허가하는 마지막 자비겠지.

오빠는 아빠의 장례식장에서 울지 않았다. 대신 일곱 살부터 지금까지 간헐적으로 꿨던 소의 꿈을 더 이상 꾸지 않는다고 말했다. 그는 이제 이마를 긁지 않을 것이다.

나는 안방의 화장대 서랍장 깊은 곳에서 엄마의 오래된 육아 일지를 찾았다. 거기엔 소실성 다태아로 인해 쌍둥이의 반쪽을 잃은 엄마의 지난 슬픔이 기록돼 있었다. 나를 대신하여 교주의 넋을 따라간 어떤 존재의 흔적이기도 했다.

그 후 3일 밤 동안 다시 기도를 올렸다. 수호신과 악신, 우신과 우바리, 엄마와 교주. 수많은 실로 꼬인 매듭을 풀 마지막 과업이었다. 설의 복수는 아버지의 죽음으로 끝이 났지만, 내 삶에 묶여 있는 저주는 아직 끝나지 않았고 이건 나의 힘으로만 풀 수 있으니까.

저주를 인정하고, 수호신과 대등한 악신을 인정하고, 기억에 없는 악행을 인정하고, 내 어깨 위의 원죄를 인정하는 일. 이 불합리한 과정을 포용하는 믿음으로 나는 최후의 신앙을 보았다. 비로소 수호신의 계시가 보였다.

해야 할 말을 하겠다는 이 의지는 과거에 내가 절대 갖지 못했던 마음이었다. 납득하지 않으려는 마음과 내 잘못이 아니라는 비겁한 외면을 모두 내려놓고, 가장 가뿐한 몸짓을 해내는 운동선수처럼 모든 일의 원인이 나에게 있다고 말해도 원망하지 않겠다는 성직자의 가습으로.

절대 해내지 못하리라 믿었던 사죄라는 것을.

"미안해."

"오래 걸렸네."

"오래 걸린 것도, 널 잊은 것도 미안해."

"이제라도 사과해줘서 고마워, 언니."

어그러진 얼굴의 여자아이는 꿈속에서 내가 쥔 칼을 뺏어 들고 자기 목을 그었다. 나의 오른편에 서 있던 악신이 언제나 자신과 수호신의 존재를 잊지 말라는 듯 얇은 숨결을 불어 오른손을 간질였다. 이윽고 홀가분하게 머리를 흔들고는 어둠 너머로 숨었다.

그러니 우리는 외로워하지 말자. 태초에 시작된 인연들이 언제나 곁에 있으니 살아 있는 육체 중 그 누구도 혼자가 아니리라.

3일의 기도가 끝난 밤, 그 후로 나는 두 번 다시 악몽을 꾸지 않았다.

작가의 말

설명하지 않으려는 것을 믿고
용서를 비는 마음에 대하여

『수호신』에는 의도적인 공백이 있다. 제일 큰 공백은 '모든 걸 설이 다 했느냐'고 그다음으로는 '우바리의 천 뒤에 무엇이 있었느냐'다. 여기에 내려진 답은 오직 하나이지만 나는 이것을 의도적으로 덜어냈다. 독자의 세계에서는 독자가 선택한 것이 정답이다. 어떤 식으로 읽혀도 괜찮으니, 나름의 결론을 내리는 일에 망설임이 없기를.

나는 신이나 귀신을 믿지 않는다. 신이 있으면 좋겠다고 생각은 하지만……. 역시 존재를 믿기는 어렵다. 그런 나에게도 논리적으로 설명하기 어려운 경험이 있다. 어렸을 때, 나를 괴롭힌 어떤 어른을 향해 죽었으면 좋겠다고 생각하니 일주일이 지나지 않아 진짜로 죽은 적이 있었다.

그 일이 일어나기 전이나 후에도 꿈에 무서운 암시가 나온 적은 없었다. 그런 징후를 느끼지도 못했다. 그 어른의 죽음은 백 퍼센트 우연일 것이다. 하지만 소망한 죽음을 목격한 이후로 나에게는 형태를 정의하기 어려운 죄책감이 생겼다. 누군가 내게 "네가 빌어서 죽은 거야"라고 속삭이듯이.

괴롭힌 사람이 죽었으면 좋겠다고 생각한 것이 죄일까? 살면서 그런 생각 한 번쯤은 해보지 않나? 하지만 정말로 그것이 우리가 가늠하지 못한 모습의 죄악이라면? 그래서 누구에게도 섣불리 말할 수 없고 가슴에 묻고 살아야 하는 저주가 된다면? 타인과 소통이 불가능한 지점을 우리는 저마다 어떻게 해결해야 할까. 용서는 또 어떻게 빌어야 하는 걸까. 이미 죽고 떠난 사람인데 사과는 어디에다 해야 하는 것이며.

『수호신』은 공항철도를 타고 귀가하던 중 이러한 생각 끝에 태어났다. 경험에 근거한 감정들을 여러 인물에게 나눠 줬다. 누군가의 죽음을 바랐던 마음은 석구에게, 그 죽음에 대한 죄책감은 희영에게, 그 마음에서 달아나고자 하는 욕구는 이원에게, 아무 간섭 없이 그저 제삼자가 되고 싶은 마음은 일한에게. 나쁜 기억 그 자체는 태어나지 못한 여동생에게(동생의 소실 역시 나의 경험이다).

모쪼록 산 사람으로 저지른 모든 것을 용서받길 원하며.

청예

네온사인 07

수호신

초판 1쇄 인쇄일 2024년 3월 22일
초판 1쇄 발행일 2024년 4월 5일

지은이 • 청예

펴낸이 • 정은영
편집 • 최웅기 박진혜 박서령 정사라 전유진
디자인 • 홍선우
마케팅 • 최금순 이언영 연병선 윤선애
이유빈 최문실 최혜린
제작 • 홍동근
펴낸곳 • 네오북스
출판등록 • 2013년 4월 19일
제2013-000123호
주소 • 서울시 마포구 양화로6길 49
전화 • 편집부 (02)324-2347
경영지원부 (02)325-6047
팩스 • 편집부 (02)324-2348
경영지원부 (02)2648-1311
이메일 • neofiction@jamobook.com

ISBN 979-11-5740-407-0 (03810)